BIBLIOTHÈQUE D'ÉDUCATION RÉCRÉATIVE

LES CONTES
DE LA PLAGE

La troupe, sous les armes, formait deux lignes perpendiculairement à la mer : Crevette était au milieu.

COLLECTION PICARD

BIBLIOTHÈQUE D'ÉDUCATION RÉCRÉATIVE

LES CONTES DE LA PLAGE

PAR

FERNAND HUE

ILLUSTRATIONS DE BASSAN

PARIS
LIBRAIRIE PICARD-BERNHEIM ET Cie
ALCIDE PICARD ET KAAN, ÉDITEURS
11, RUE SOUFFLOT, 11

TABLE DES MATIÈRES

I

C'est une histoire vraie que je vais vous raconter, cher lecteur ; je la tiens d'un vieux marin, petit-fils du principal héros de l'aventure.

Ce vieux marin s'appelait Philippe Aubert ; c'est lui qui m'a appris à connaître et à aimer ceux que l'on nomme les « gens de mer ». Quand j'étais un petit enfant, c'était déjà presque un vieillard, et, pendant qu'il me gréait de jolis bateaux, il me racontait des histoires, des épisodes de sa vie de marin, le plus souvent.

Avant de commencer le récit de mon vieil ami, laissez-moi vous rappeler en deux mots le fait historique auquel il se rattache.

Au commencement du dix-septième siècle, quelques marins normands vinrent se fixer sur la grande presqu'île américaine qui porte aujourd'hui le nom de Nouvelle-Écosse : ils l'appelèrent Acadie.

Un siècle après, malgré les incursions continuelles des colons anglais, établis dans la Nouvelle-Angleterre — depuis les États-Unis, — les Acadiens avaient prospéré ; ils étaient huit mille, répartis en plusieurs villages situés le long des côtes.

De marins qu'ils étaient tous au début, les Acadiens s'étaient faits cultivateurs ; ne trouvant pas à vendre le produit de leurs pêches, ils avaient laissé le filet pour prendre la charrue. Avec l'adresse, l'habileté et la persévérance qui distinguent l'habitant de nos côtes septentrionales, ces nouveaux agriculteurs avaient obtenu des résultats merveilleux : ils avaient conquis sur la mer d'immenses territoires au moyen de digues qu'ils nommaient *aboiteaux*, et qu'eux seuls savaient construire ; les plaines, jadis désolées et couvertes de maréeages, donnaient chaque année de riches moissons; ils avaient bâti des fermes, fondé des villages, et l'aisance régnait partout.

De mœurs douces, de vie simple et réglée, ces Acadiens coulaient une existence heureuse, et les auteurs de l'époque nous les montrent comme des hommes braves — ils l'avaient prouvé, pendant leurs longs démêlés avec l'Angleterre, — honnêtes et laborieux.

« Leurs mœurs étaient extrêmement simples, dit Raynal. Il n'y eut jamais de cause criminelle ou civile assez grave pour être portée devant la cour de justice établie à Anapolis (la capitale de l'Acadie). Les petits différends qui pouvaient s'élever de loin en loin entre les colons, étaient toujours terminés à l'amiable par les anciens...

« ... Dès qu'un jeune homme avait atteint l'âge convenable au mariage, on lui construisait une maison, on défrichait, on ensemençait des terres autour de sa demeure, on y mettait les vivres dont il avait besoin pour une année. Il y recevait la compagne qu'il avait choisie et qui lui apportait en dot des troupeaux. Cette nouvelle famille croissait et prospérait à l'exemple des autres. »

En 1713, à la suite du traité d'Utrecht, l'Acadie fut cédée à l'Angleterre. Pendant les premières années, les envahisseurs laissèrent vivre en paix les Acadiens, et ceux-ci, bons et honnêtes, espéraient qu'il en serait toujours ainsi. Hélas ! c'est pour mieux les tromper et les frapper plus cruellement que la perfide Angleterre les laissait s'endormir dans une tranquillité trompeuse.

Jaloux de la prospérité de nos compatriotes, les Anglais résolurent de chasser les Acadiens et de confisquer à leur profit les terres que ces malheureux avaient mis un siècle et demi à défricher, à ensemencer et à rendre productives.

C'est en 1755 qu'ils mirent cet infâme projet à exécution.

Maintenant, je cède la parole à mon vieux marin.

II

Un jour, j'avais accompagné Philippe Aubert à la pêche ; nous étions au large, par un beau temps, quand j'aperçus à l'horizon un grand bâtiment, toutes ses voiles déployées.

— Oh! le beau navire! m'écriai-je.

Philippe, étendant sa main au-dessus de ses yeux, regarda dans la direction que je lui indiquais.

— C'est un navire de guerre.

— Comme j'aimerais à le voir de près!

Mon vieil ami examina le temps, consulta la hauteur du soleil, puis, avec ce bon sourire qu'il prenait quand il parlait à ceux qu'il aimait :

— Je vais vous y conduire, me dit-il.

Trois quarts d'heure après, nous étions dans les eaux du bâtiment : c'était une grande frégate en bois et à voiles, comme on les faisait autrefois, et comme on n'en voit plus depuis l'invention des cuirassés.

— Dieu! que c'est beau! m'écriai-je après avoir admiré le colosse.

— Oui, c'est beau, reprit Philippe; mais quel dommage que ça appartienne à ces faillis chiens d'habits rouges!

C'était une frégate anglaise.

— Vous n'aimez pas les Anglais, père Philippe?

— Quand on est marin, quand on est Normand et qu'on s'appelle Aubert, on vient au monde et on meurt avec la haine de l'Anglais;

cette haine-là, nous l'avons sucée avec le lait maternel, et nos mères nous ont élevés dans l'amour du prochain et la haine des Anglais. Ah! si je ne haïssais pas ces gens-là, je ne serais pas digne de porter le nom d'Aubert.

En prononçant ces paroles, le vieux marin s'était levé; appuyé d'une main sur la barre de son gouvernail, de l'autre, étendue, il semblait menacer la frégate, et son regard brillait d'un éclat que je ne lui connaissais pas encore.

— Que vous ont-ils donc fait? demandai-je timidement, un peu effrayé de la colère de mon vieil ami.

— Ce qu'ils m'ont fait! Écoutez : mais d'abord, partons, que je ne les voie plus.

Nous virâmes de bord, mettant le cap sur la terre, et le marin commença ainsi :

— Ça remonte loin : à plus de cent ans. Les hasards de la vie de marin avaient conduit mon arrière-grand-père en Acadie; le pays lui plut, il y trouva bon nombre de compatriotes et même des parents, car vous n'ignorez pas, vous qui allez au collège, que c'est par des marins normands que ce pays fut d'abord peuplé; il s'y fixa. Quelque temps après son arrivée, il se maria à une brave fille qui habitait le village des Mines, situé au fond de la baie de Fundy, sur les bords de la rivière des Gasparaux.

Ce village était un des plus florissants de l'Acadie; tous ses habitants étaient cultivateurs; mais tous, aussi, étaient restés marins; ils se rappelaient trop leur origine pour ne pas consacrer de temps en temps un jour à la pêche. Quant au vieil Aubert, il refusa absolument de prendre la charrue : il se construisit un bateau et se mit à faire la pêche.

De son mariage il eut plusieurs enfants, qui se marièrent à leur tour et devinrent cultivateurs, à l'exception d'un seul, l'aîné, Jacques Aubert, mon grand-père.

Dès l'âge de dix ans, Jacques accompagnait son père, c'était son mousse ; il devint bientôt un fin matelot, et quand, à l'âge de vingt-cinq ans, il se maria, c'était le plus habile pêcheur de la côte; il connaissait la baie comme pas un et servait souvent de pilote pour entrer les grands navires anglais qui fréquentaient ces parages.

En 1755, rappelez-vous cette date, mon enfant, elle restera dans l'histoire de l'Angleterre comme une tache de honte et d'infamie que rien au monde ne saurait effacer ou faire oublier. En 1755, mon grand-père Jacques avait trente et un ans; il était marié depuis six ans et avait un fils nommé Jean, qui avait alors cinq ans : c'était mon père.

Un jour, le 3 septembre, Jacques revenait de la pêche ; comme de coutume, Marie, sa femme, tenant le petit Jean par la main, attendait son mari sur la plage.

— Il y a du nouveau, Jacques, dit-elle, pendant que le père embrassait son enfant.

— Qu'est-ce que c'est ?

— Ce matin, on a lu par les rues une proclamation ordonnant à tous les habitants de se réunir dimanche à l'église; c'est, paraît-il, pour entendre une importante communication du gouverneur.

— Eh bien, femme, nous irons, répondit tranquillement Jacques en rangeant ses filets; c'est quelque nouvelle mesure vexatoire que ces brigands d'Anglais veulent nous imposer, sans doute.

— Je le crains, soupira Marie; je ne sais pourquoi, cette nouvelle m'effraie.

— Tu seras toujours la même, ma pauvre femme, un rien te chavire la tête.

— Nous sommes si heureux, Jacques, que je tremble sans cesse pour notre bonheur.

Et ma pauvre grand'mère pleurait, sans savoir pourquoi : c'était comme un pressentiment.

Pour la consoler, Jacques l'embrassa, et, chargeant sur ses épaules une lourde manne pleine de poisson, se dirigea vers sa demeure.

Le surlendemain, le dimanche 5 septembre, vêtus de leurs plus beaux habits, les habitants se rendirent à l'église : ils étaient tous là ; personne n'avait manqué, car tout le monde était curieux de connaître le motif de cette réunion.

Pendant que les femmes entraient dans le temple avec leurs enfants, les hommes, restés devant la porte, se formaient par groupes et causaient de l'événement ; chacun émettait son avis, et tous étaient d'accord qu'ils n'avaient rien de bon à attendre de la nouvelle qu'on allait leur apprendre.

Enfin, la cloche tinta un dernier coup, et les hommes pénétrèrent à leur tour dans l'église.

Le prêtre était à l'autel, les habitants écoutaient les prières dans un pieux recueillement.

— Jamais, me disait mon père quand il me racontait cette histoire, jamais les femmes n'avaient prié avec tant de ferveur.

Soudain, les portes s'ouvrent avec fracas; chacun se retourne, et un cri d'épouvante sort de toutes les poitrines.

Une troupe de soldats anglais, le fusil chargé, la baïonnette au canon, entre dans l'église ; un officier les précède. Arrivé au centre de l'édifice, il commande halte, et, dépliant un papier qu'il tient à la main, il lit ce qui suit :

« Au nom du roi,

« Nous, gouverneur pour Sa Majesté le roi
« d'Angleterre, faisons savoir à tous les habi-
« tants de cette paroisse qu'ils sont dès main-
« tenant prisonniers de guerre; que tous leurs
« biens meubles et immeubles sont confis-
« qués, à l'exception toutefois de leur argent
« et de leurs effets personnels; que, dans
« cinq jours, tous seront embarqués sur des
« navires anglais et transportés dans telle co-
« lonie anglaise qu'il nous fera plaisir.

« *Signé :* LAWRENCE. »

Cette atroce nouvelle, tombant comme un coup de foudre au milieu de l'assemblée, frappa tout le monde de stupeur. L'officier et sa troupe avaient déjà quitté l'église que ces pauvres gens se demandaient encore s'ils avaient bien entendu, s'ils n'étaient pas le jouet d'un affreux cauchemar.

Le premier moment d'épouvante passé, chacun reprend tristement le chemin de sa demeure; les femmes pleurant, les hommes, les poings crispés, roulant dans leur tête des projets de révolte et de vengeance.

Mais que faire?

Ils n'ont pas d'armes, pas de chef pour se mettre à leur tête et les mener au combat; et puis, les précautions étaient bien prises : de nombreux soldats campaient autour du village; au moindre signe de rébellion, ils auraient massacré les habitants.

Père Philippe se tut : il était sous le coup d'une violente colère.

III

— La date fatale était arrivée, reprit mon narrateur; on était au 10 septembre.

Depuis cinq jours, les habitants n'avaient guère quitté leurs demeures : les femmes s'étaient préparées au départ, et les hommes, brisés par la douleur, redoutaient de rencontrer par les rues leurs terribles ennemis.

Le lundi, mon grand-père avait essayé de fuir : profitant de l'obscurité de la nuit et de l'épais brouillard répandu sur la baie, il était sorti, suivi de sa femme et de son fils; mais à peine était-il hors de sa maison que les soldats anglais l'avaient fait rentrer, le menaçant de leurs baïonnettes. Son intention était de gagner son bateau, de s'y embarquer avec sa famille, et de gagner l'autre côté de la baie.

Force lui fut d'abandonner son projet et de se soumettre, comme les autres, à la loi infâme du vainqueur.

Le 10, au point du jour, un roulement de tambour se fit entendre; bientôt, à travers le brouillard, on put voir des soldats pénétrer dans les rues. Ils marchaient par groupes de huit ou dix, commandés par un sergent. A mesure qu'ils passaient devant une maison, un groupe s'arrêtait, frappait rudement à la porte, pénétrait dans l'habitation et en faisait sortir toute la famille; ils poussaient ces malheureux devant eux, les rudoyant et les insultant; ils les conduisirent ainsi jusqu'à la place de l'église. A huit heures, toute la population des Mines était réunie là : elle y resta jusqu'à dix heures.

Imaginez-vous, mon cher enfant, ce que

ces pauvres gens devaient souffrir : on les chassait de chez eux; on les arrachait pour toujours à leur patrie, à cette terre d'Acadie qu'ils aimaient, qu'ils avaient arrosée de leur sueur, où ils avaient vécu si heureux. A quelques centaines de mètres, à travers la brume qui se dissipait, ils pouvaient voir, à l'entrée de la rivière des Gasparaux, les mâts des navires qui allaient les emporter sur la terre d'exil.

Cependant, dans leur douleur, il leur restait une consolation : ils ne seraient pas séparés, et, dans le pays où on allait les conduire, ils pourraient vivre unis et se reconstituer comme une patrie sur la terre étrangère.

Hélas! cette consolation suprême allait leur être refusée; condamner ces pauvres gens à un exil éternel n'était pas les faire assez souffrir ; les Anglais, dans leur haine féroce pour ces Acadiens français, résolurent de leur appliquer une mesure plus barbare et plus cruelle encore.

Vous avez entendu parler de ces terribles marchands d'esclaves qui vont dans les villages de l'Afrique, enlèvent tous les habitants et les transportent à bord de leurs navires, séparant les maris de leurs femmes, les pères de leurs enfants; on les nomme des négriers, et toutes les nations civilisées du monde leur font la guerre; eh bien, les Anglais agirent avec les Acadiens comme les négriers avec les noirs esclaves.

Sur un ordre donné par le commandant, on divisa les habitants des Mines en trois groupes : les femmes avec les petits enfants; les hommes; et enfin les jeunes gens; puis on procéda à l'embarquement.

Les jeunes gens, au nombre de deux cent cinquante environ, furent emmenés les premiers; mais ils refusèrent de quitter leurs parents et déclarèrent qu'ils ne partiraient qu'avec leurs familles.

Pour toute réponse, les soldats croisèrent la baïonnette et marchèrent sur eux; plusieurs furent blessés; force leur fut d'obéir.

Ensuite, on embarqua les hommes; mais alors se passa une scène indescriptible : les femmes, les enfants se précipitèrent sur leur chemin, se traînant à genoux, implorant les soldats, tâchant de les attendrir par leurs prières et leurs supplications. Peine perdue : le soldat brutal les repoussait rudement, frappant de la crosse de son fusil les malheureux sans défense.

Il écarta l'Anglais, embrassa ma grand'mère et pressa tendrement son fils sur son cœur.

Ici, Philippe s'arrêta encore; sa voix tremblait, et de grosses larmes coulaient de ses yeux. Quant à moi, j'étais profondément ému, et, pour un peu, j'aurais pleuré.

— Ah! les brigands! s'écria-t-il enfin.

Puis il reprit :

— Mon grand-père était resté des derniers; lorsqu'il passa devant sa femme, qui lui tendait son fils, il écarta l'Anglais, s'approcha de ma grand'mère, l'embrassa, pressa tendrement son fils sur son cœur, et s'éloigna en murmurant bien bas, pour que sa femme seule l'entendit :

— Au revoir, Marie; espère.

Quand tout le monde fut embarqué, les trois navires portant les jeunes gens, les hommes, les femmes et les enfants sortirent de la rivière et s'embossèrent dans la baie, en face du village des Mines; les soldats anglais, restés à terre, s'armèrent de torches et mirent le feu aux habitations. Du pont des navires qui les emmenaient en exil, les malheureux furent contraints d'assister à l'incendie de leurs maisons. Quand le désastre fut complet, les bâtiments mirent à la voile et, s'engageant dans la baie, se dirigèrent vers l'Océan (1).

(1) Ces faits sont scrupuleusement historiques; les mêmes

Le convoi se composait de trois navires : deux bâtiments de commerce, aménagés pour la circonstance, portant les femmes et les jeunes gens, et une corvette armée en guerre, la *Reine Anne*, où l'on avait embarqué les hommes, au nombre de trois cents ; l'équipage de la corvette se composait d'une centaine de marins, y compris les officiers et le commandant, sir Hogson.

Afin de faciliter les manœuvres et de rendre la surveillance plus commode, on avait fait descendre les prisonniers dans l'entre-pont ; ils étaient tous là, couchés pour la plupart, et plongés dans un morne silence. Mon grand-père avait pris place à l'avant, près d'un sabord entr'ouvert, et ses yeux ne quittaient pas le navire qui portait sa femme et son fils.

Une idée fixe s'était emparée de son esprit : profiter de la nuit pour se laisser glisser à la mer, gagner à la nage le bâtiment où étaient sa femme et son fils, monter à bord et se cacher jusqu'à son arrivée à destination.

scènes d'horreur se reproduisirent dans tous les villages de l'Acadie ; 9000 individus furent ainsi transportés, leurs maisons livrées aux flammes, leurs bestiaux volés par les Anglais. (Voir l'ouvrage de l'historien anglais Haliburton et tous les auteurs qui ont traité la question.)

Mais l'entreprise présentait de grands dangers ; quoiqu'ils marchassent lentement, les navires avaient cependant une vitesse supérieure à celle que peut atteindre le meilleur nageur ; et puis, s'il allait être reconnu ?...

Il en était là de ses réflexions, quand il s'aperçut que la *Reine Anne* augmentait sa marche et qu'elle ne tarderait pas à dépasser les deux premiers bateaux. Si cela était, son projet d'évasion se trouvait singulièrement simplifié.

A ce moment, une main se posa doucement sur son épaule.

Il se retourna.

Pierre Coste, un de ses voisins, était devant lui.

— Aubert, lui dit cet homme d'une voix sourde que la colère faisait trembler, nous laisserons-nous emmener ainsi par ces damnés habits rouges ?

— Que faire ? répondit Jacques.

— Nous révolter, parbleu ! jeter le capitaine et les hommes à la mer et fuir ; nous sommes trois cents, ils sont cent, tout au plus.

— Nous révolter ; mais ils sont armés, ils nous tueront, et...

— Aubert, aurais-tu peur ?

— Non, Coste; non, je n'ai pas peur, tu le sais bien ; mais avons-nous le droit de risquer notre vie quand nos femmes et nos fils...?

— C'est pour les sauver.

— Écoute, mon ami : tu sais que nul plus que moi ne désire me venger de ces féroces Anglais ; mais, avant tout, il faut que nous soyons tous d'accord. Je sais que nos compagnons sont braves et n'hésiteront point un instant à se faire tuer pour reconquérir leur liberté; mais nous aideront-ils? et, au dernier moment, quand l'heure d'agir aura sonné, pourrons-nous compter sur tous?

— Oui, j'en réponds.

— N'oublie pas que tous ces hommes sont terrassés par la douleur...

— J'en réponds, te dis-je.

— Qui sera le chef? Pour mener à bien une semblable entreprise, pour s'emparer du vaisseau, il faut un chef auquel nous obéissions tous aveuglément; sans cela, nous échouerons, et, dans ce cas, tu sais ce qui nous attend : la mort, car nos ennemis sont sans pitié.

— Veux-tu être ce chef?

— Non.

— Pourquoi?

— Parce que je ne me sens pas...

— Si nos amis t'imposent le commandement ?

— J'accepterai.

— Eh bien, ce sont eux qui m'envoient vers toi ; depuis que nous avons quitté terre, les anciens ont décidé de tout tenter pour nous sauver ; ils t'ont choisi pour diriger l'attaque et prendre ensuite le commandement du navire : n'es-tu pas le meilleur marin d'entre nous tous?

— Soit, j'accepte. Avez-vous un plan?

— Non, nous comptons sur toi.

— J'y vais songer.

Jacques Aubert resta seul et reprit sa méditation. Jusqu'au soir, il resta sur le sabord, la tête plongée dans ses mains. Quand la nuit fut venue, il chercha Coste, et, à voix basse, s'entretint longtemps avec lui.

— Entendu, dit Coste en s'éloignant ; avant que les marins viennent suspendre leurs hamacs, je vais prévenir nos amis.

C'étaient de rudes hommes, que tous ces Acadiens; et puis, leur force et leur courage étaient décuplés par le désir de se venger et de reconquérir leur liberté.

Vous allez voir quel projet hardi ils avaient formé ; mais, avant tout, laissez-moi allumer ma pipe et boire un coup de cidre, car il y a bien longtemps que je n'ai parlé autant que cela.

IV

— Je vous ai déjà expliqué, mon cher enfant, qu'à bord des navires, l'équipage est divisé en deux parties égales que l'on nomme bordées, les tribordais et les bâbordais; tout le jour, les hommes restent sur le pont, accomplissant les nombreux travaux que nécessitent la manœuvre et l'entretien du gréement; le soir, à huit heures, une bordée prend le quart pendant quatre heures, c'est-à-dire jusqu'à minuit; puis elle est remplacée par l'autre bordée, qui veille jusqu'à quatre heures; il en est de même pour les officiers.

Ce jour-là, à bord de la *Reine Anne*, les tribordais avaient pris le premier quart.

A minuit, quand on piqua quatre, le maître d'équipage s'approcha du panneau entr'ouvert et cria d'une voix rude :

— Les bâbordais au quart, debout! debout!! debout!!!

Réveillés en sursaut dans leur premier

sommeil, les hommes quittaient lentement leurs hamacs, s'étirant, et maugréant après le chien de métier qui les forçait à interrompre leur repos pour aller se geler sur le pont : car il fait froid, à la mer, au mois de septembre, dans ces parages.

A peine les matelots avaient-ils sauté à terre que chacun d'eux, terrassé par une main puissante, roulait sur le sol; avant qu'ils aient pu jeter un cri d'alarme, ils étaient bâillonnés, amarrés et réduits à l'impuissance.

Pendant que cinquante Acadiens se débarrassaient ainsi des bâbordais. cinquante autres revêtaient à la hâte leurs effets, coiffaient leurs bonnets de laine et montaient sur le pont.

Les tribordais. pressés de descendre, se tenaient près du panneau; les bâbordais, qui étaient restés réunis, les poussèrent par l'ouverture au bas de laquelle les Acadiens les attendaient pour leur faire subir le même sort qu'à leurs compagnons. En moins de temps qu'il n'en faut pour le dire, tout l'équipage était prisonnier.

— Aux officiers, maintenant, dit à voix basse un homme portant sur sa veste les galons de premier maître.

C'était Jacques Aubert.

Suivi de ses Acadiens, mon grand-père s'avança vers le banc de quart, où l'officier descendant passait la consigne à son successeur avec la formule sacramentelle :

— Beau temps, belle mer, bonne brise ouest-quart-sud-ouest ; direction sud-sud-est. Rien de nouveau.

Aubert monta sur le banc de quart.

— Messieurs, dit-il en posant sa main sur l'épaule d'un des officiers, tandis qu'un homme s'emparait de l'autre, vous êtes nos prisonniers.

Vous jugez de l'étonnement des deux Anglais; mais, avant qu'ils aient eu le temps de se reconnaître, ils étaient enlevés et transportés dans leurs cabines.

— Deux hommes avec moi pour nous assurer du commandant; vous autres, à vos postes. Coste, prends la barre et fais mettre en panne.

La saisie du capitaine Hogson et des deux autres officiers fut pour Aubert et ses deux hommes l'affaire d'un instant; puis il revint sur le pont pour s'assurer que ses ordres étaient exécutés.

La *Reine Anne* était immobile.

Jacques, montant sur la dunette, réunit autour de lui tous les Acadiens et leur dit :

— Le plus fort est fait, garçons; grâce à votre courage et à votre obéissance, la *Reine Anne* est à nous; maintenant, nous allons commencer la deuxième partie de notre tâche, la plus importante, sinon la plus dangereuse : sauver nos femmes et nos enfants.

Voici comment nous ferons :

Coste et Guérin, vous allez choisir chacun dix hommes et faire armer les deux baleinières; dès que la vigie signalera les navires que nous attendons, vous déborderez en vous dirigeant vers eux. Vous les accosterez sous prétexte de leur transmettre un ordre de la part du commandant Hogson. Une fois à bord, vous vous emparerez des équipages, que vous transférerez ici.

— Entendu, répondirent Coste et Guérin.

Et tous deux se mirent en devoir d'obéir.

— Et les Anglais, qu'en ferons-nous? demanda un homme.

— On les pendra, parbleu! répondit une voix dans le groupe.

— A moins que vous n'aimiez mieux qu'on les noie.

— Non pas, interrompit Aubert; certes, leur conduite à notre égard mériterait bien un tel sort; mais je veux leur prouver que les Acadiens, les fils des Français, sont plus généreux que des Anglais ; nous les débarquerons tous sur la première terre que nous rencontrerons. En attendant, nous les enfermerons à fond de cale.

— J'aimerais cependant bien les voir danser au bout de la grand'vergue...

— Une voile par tribord derrière ! cria la vigie.

— Alerte ! alerte! dit Aubert, ce doit être le navire portant les femmes. Vite, Coste, embarque avec tes hommes.

Un quart d'heure après, la vigie signalait une seconde voile dans la même direction.

— En route, Guérin, commanda-t-il ; et surtout du sang-froid ; si un de ces navires nous échappait, non seulement ses passagers seraient perdus pour nous, mais encore il pourrait gagner un port anglais et envoyer un croiseur à nos trousses.

Une heure plus tard, le pavillon de la France flottait aux grands mâts des trois vaisseaux, et ces braves étaient tous réunis.

Après six jours d'une navigation que rien ne vint entraver, la petite escadre d'Aubert jetait l'ancre devant deux îlots à l'aspect triste et désolé : c'étaient les îles Saint-Pierre et Miquelon.

Les Acadiens débarquèrent là, et, réunis sur cette terre neutre, ils résolurent de s'y établir à l'abri du drapeau de la France. Ce sont eux qui ont donné naissance à cette race de rudes marins qui vivent là-bas, sur ce petit coin de terre restée française, du produit de la pêche à la morue.

Moins heureux qu'eux, les autres Acadiens furent dispersés dans les colonies anglaises de l'Amérique du Nord; quelques-uns eurent à subir les traitements les plus cruels de la part des Anglais ; pour se réunir de nouveau et reconstituer la nation acadienne, qui compte aujourd'hui plus de cent cinq mille individus, il leur fallut, pendant plus d'un siècle, faire des prodiges de courage, de travail et de persévérance...

— Que devint votre grand-père, Philippe ? et vous-même, comment êtes-vous venu vous fixer ici ?

— Patience, mon garçon, patience, j'y arrive.

V

— Le premier soin d'Aubert, dès qu'il eut décidé avec ses compagnons de s'installer sur les deux petites îles, fut d'embarquer tous les Anglais sur un des navires de commerce; il garda le second bâtiment et la corvette, dont le bois servit à construire les premières maisons, et les canons à armer un petit fort destiné à défendre les habitants contre les attaques probables des Anglais; quant aux embarcations, elles furent transformées en bateaux de pêche.

Vingt ans après la triste histoire que je viens de vous raconter, alors que les habitants de Saint-Pierre et de Miquelon se croyaient oubliés et pour toujours à l'abri des incursions des Anglais, ceux-ci vinrent un jour occuper les îles.

A cette époque, mon grand-père avait cinquante et un ans, et son petit Jean en avait vingt-cinq; tous deux s'étaient construit un bateau et naviguaient ensemble. Jacques Aubert était, malgré ses chagrins et la rude vie qu'il menait, un homme fort et vigoureux;

quant à son fils, c'était un superbe gars, le vrai portrait de son père.

Dès que la nouvelle de l'arrivée des Anglais se répandit, les deux hommes montèrent dans leur bateau et transportèrent tout ce qu'ils possédaient à l'île des Chiens, un îlot situé non loin de Saint-Pierre; ma grand'mère les y accompagna, ainsi qu'une trentaine des plus braves parmi les jeunes gens. Cachés dans les rochers, ils assistèrent au départ de leurs compatriotes, car, cette fois encore, les Anglais arrachèrent les Acadiens au sol de leur nouvelle patrie : ils les emmenèrent prisonniers en Angleterre, où ils restèrent jusqu'en 1783.

Cependant, Aubert et ses compagnons ne pouvaient demeurer longtemps ainsi; tôt ou tard, les Anglais les découvriraient, et Dieu sait quel sort leur serait réservé : ils résolurent de fuir.

Par une nuit bien noire, montés dans trois bateaux de pêche, Aubert et ses compagnons d'exil quittèrent l'île aux Chiens et s'abandonnèrent à l'Océan.

Le lendemain, vers le soir, ils aperçurent une voile.

Pendant longtemps, Aubert hésita pour savoir s'il virerait de bord pour éviter le navire;

mais, quand il eut pris cette détermination, il était trop tard : le bâtiment les avait aperçus et mis le cap sur eux.

C'était un grand brick de quatre cents tonneaux armé en guerre. Bientôt il fut assez près de la petite barque de mon grand-père pour que celui-ci pût distinguer son pavillon ; à son étonnement, il portait des couleurs qu'il n'avait jamais vues.

Quelques minutes après, un officier héla les fugitifs ; jugez de leur joie, c'est en français qu'on les interpellait.

En deux mots, Aubert mit le commandant au courant de ses aventures, et tous montèrent à bord.

Là, le capitaine, un Français, apprit aux Acadiens qu'ils étaient sur un corsaire armé en course pour faire la chasse aux Anglais, en guerre avec leurs colons de l'Amérique ; la France avait fourni aux États-Unis des hommes commandés par La Fayette.

Vous jugez de leur joie.

Tous les Acadiens demandèrent à prendre du service sur le brick le *Requin* — c'est ainsi que se nommait le corsaire, — et, pendant de longs mois, ils restèrent à son bord, faisant aux Anglais une guerre à outrance ; puis, un jour, ils rentrèrent en France pour réparer leurs avaries.

Mon grand-père ne voulut point repartir : accompagné de sa femme et de son fils, il vint s'installer ici, et y termina tranquillement sa vie si agitée. Quant à mon père, il se maria, puis il obtint des lettres de marque pour faire la course ; on lui donna le commandement d'une petite goélette qu'il appela l'*Acadienne*, en souvenir de sa patrie, et, avec un équipage composé uniquement d'Acadiens, les jeunes gens qui avaient quitté Saint-Pierre en même temps que lui, il combattit contre la marine anglaise jusqu'en 1802.

Ah ! je vous assure que mon père a fait payer cher à ces coquins d'Anglais tout ce qu'ils ont fait souffrir à sa famille ; on ferait tout un livre avec le récit de ses croisières et des captures faites par la petite goélette *l'Acadienne :* celui qui le lirait ne voudrait pas croire qu'un petit bateau de cent vingt tonneaux, monté par vingt hommes déterminés et commandés par un gaillard comme Jean Aubert, ait pu couler tant de navires, et même des navires de guerre ; c'est pourtant vrai ; mon père m'a répété cela bien souvent.

— Vous devriez bien me raconter ces aventures, demandai-je au bon père Philippe, car j'étais insatiable.

— Une autre fois, mon enfant ; nous voici près de terre.

— Oh ! une seulement, je vous en prie.

— Eh bien, oui, une, et qui vous prouvera que, quoi qu'on en dise, il y a une justice ici-bas.

Un jour, l'*Acadienne* croisait non loin des côtes du Portugal ; depuis longtemps, elle n'avait pas rencontré un seul navire anglais. Dans l'après-midi, un homme, monté dans le mât de misaine pour serrer une vergue dont l'écoute s'était relâchée, signala une voile à l'horizon. Mon père fit immédiatement mettre le cap dessus : c'était une corvette de dix canons, la *Princesse de Galles,* battant pavillon anglais.

— Elle est bien grosse pour nous, dit Jean Aubert à ses hommes ; mais il y a si longtemps que nous nous reposons que nous allons l'attaquer et la prendre à l'abordage. Qu'en dites-vous, garçons ?

La proposition de mon père fut saluée avec enthousiasme.

Il donna ses ordres et, hissant le pavillon hollandais, s'approcha du navire de guerre. A côté du colosse, la goélette avait l'air d'une chaloupe.

Quand l'*Acadienne* fut bord à bord avec la corvette, dont la ligne de canons arrivait au niveau du grand mât, un officier anglais s'avança sur la coupée de tribord pour interroger mon père; au lieu de répondre, celui-ci commanda :

— Feu partout!

Les quatre pièces de la goélette tirèrent à bout portant dans la muraille de la corvette, ouvrant, au ras de la ligne de flottaison, une large voie d'eau.

La *Princesse de Galles* répondit à cette attaque par une volée de mitraille; mais cette canonnade n'eut d'autres résultats que de couper quelques manœuvres au sommet des mâts de l'*Acadienne*.

Avant que les Anglais aient eu le temps de recharger leurs pièces, une seconde bordée trouait de nouveau la coque de la corvette, et, conduits par mon père, les matelots de la goélette sautaient sur le pont de la *Princesse de Galles*.

Alors, mon enfant, commença une mêlée horrible : la hache d'une main, le sabre de l'autre, les Acadiens se battaient comme des forcenés; les cadavres s'entassaient autour d'eux, et le sang ruisselait sur le pont. Retranché sur la dunette, entouré des quelques hommes qui lui restaient, le commandant anglais faisait des prodiges de valeur. Armé d'un sabre d'abordage, à la lame large et tranchante, mon père s'ouvrit un chemin à travers les défenseurs de la corvette, et, s'arrêtant devant le commandant, le provoqua en combat singulier.

Ce fut un beau moment, mon enfant; des marins, témoins de la chose, me l'ont souvent racontée : le combat cessa de part et d'autre; chacun attendait, anxieux, le résultat de la lutte. Enfin, l'Anglais tomba, la poitrine labourée d'un coup de sabre.

Un officier fit amener le pavillon anglais; la corvette était prise. On jeta les morts à la mer, on transporta les blessés sur l'*Acadienne*, qui s'éloigna après avoir mis le feu aux poudres de la corvette. A peine avait-elle fait une lieue, que la *Princesse de Galles* sautait et s'abîmait dans les flots.

Cependant, parmi les blessés, se trouvait le commandant; mon père se rendit près de lui; le médecin essayait en vain d'arrêter le sang qui s'échappait de l'horrible blessure.

— Je suis mort, murmura l'Anglais comme mon père entrait dans la cabine où on l'avait couché.

— Vous vous êtes vaillamment défendu, monsieur, répondit mon père en se découvrant.

— Oui, mais je n'aurais pas voulu mourir de la main d'un Français; c'est une punition; mon père les a trop fait souffrir.

— Comment s'appelait votre père?

— Lord Lawrence...

— Le gouverneur de l'Acadie!... Eh bien, moi, je me nomme Jean Aubert; je suis le fils de Jacques Aubert, que votre père a arraché à son pays, le séparant de sa femme et de son fils; de ce Jacques Aubert qui enleva à la haine de votre père les malheureux habitants des Mines! Oui, monsieur, c'est une punition : le fils de la victime a tué le fils du bourreau.

L'Anglais voulut faire un mouvement; il essaya de montrer le poing; mais un flot de sang lui monta à la bouche, il poussa un gros soupir et mourut.

Comprenez-vous, maintenant, mon enfant, pourquoi je hais tant les Anglais et pourquoi je ne serais plus digne de m'appeler Aubert si je ne conservais pour eux une haine mortelle.

Le canot touchait terre; Philippe me prit dans ses bras pour me porter sur le sable; au moment où il me déposait à terre, je vis une larme rouler sur ses vieilles joues ridées et tannées. J'avais réveillé en lui tout un passé de tristes souvenirs; mais aussi un passé de gloire, de bravoure et de patriotisme.

LE GÉNÉRAL CABIEU

C'était en 1762; en guerre avec la France, l'Angleterre faisait croiser ses navires sur les côtes normandes et envoyait à terre ses compagnies de débarquement, qui ravageaient les villages du littoral.

De distance en distance, on avait élevé des espèces de fortins ronds, en pierres et en terre battue; on les nommait des *redoutes*, et on en trouve encore un grand nombre dans la baie du Calvados.

Ces redoutes, armées de canons, étaient défendues par des soldats et des artilleurs de marine, des vétérans, en général, trop âgés pour servir à la mer.

Auprès de Ouystreham, village situé à l'embouchure de l'Orne, s'élève encore aujourd'hui une redoute qui fut le théâtre d'un acte de bravoure et de sang-froid presque incroyable, et qui, cependant, est historique et vrai en tous points ; des vieillards du pays ont connu, dans leur enfance, le héros de l'aventure, et me l'ont racontée maintes fois.

La redoute de Ouystreham défendait l'entrée de l'Orne ; en raison même de son importance, elle aurait dû être pourvue d'une forte garnison. Je ne sais pour quelle raison, petit à petit, on enleva les soldats qui l'occupaient ; toujours est-il qu'il ne resta bientôt plus qu'un sergent du nom de Michel Cabieu et deux servants d'artillerie.

Cabieu, promu au grade de commandant de place, accepta sans murmurer la mission qu'on lui confiait, bien décidé, si l'Anglais attaquait sa redoute, à ne la rendre qu'après s'être fait tuer avec sa garnison.

Depuis deux mois, Cabieu commandait son fort, et pas une voile ennemie n'avait été signalée à l'horizon ; déjà, il espérait qu'attirée vers un autre point du littoral. la flotte anglaise ne songeait pas à attaquer Ouystreham, quand un soir, en se promenant sur le sommet de la casemate, il aperçut plusieurs voiles au large : elles semblaient se diriger dans la baie.

Pendant toute la nuit, le brave sergent resta à son poste d'observation, suivant avec inquiétude les mouvements des fanaux des navires ; au point du jour, comme la flotte s'était rapprochée de terre. il put distinguer le pavillon d'Angleterre battant au grand mât des vaisseaux.

Aussitôt, Cabieu annonce la nouvelle à ses deux soldats, sa garnison. et les envoie dans le pays chercher des hommes de bonne volonté pour venir défendre la redoute ; puis, prenant un tambour, il bat le réveil et le rappel, comme s'il commandait un régiment.

Cependant, les navires anglais appareillaient, dans l'intention de profiter de la marée pour s'approcher de terre et opérer leur débarquement; bientôt, ils levaient l'ancre et, hissant leurs voiles, se dirigeaient vers la redoute.

Plusieurs fois, Cabieu avait tourné ses regards du côté de la terre, espérant voir ses deux messagers revenir à la tête de nombreux défenseurs ; mais la route était déserte.

Alors, Cabieu prit une résolution héroïque : il jura de tenter l'impossible pour sauver la place, ou tout au moins pour retarder le débarquement des Anglais, gagner du temps et permettre au renfort d'arriver, car il ne pouvait supposer que ses deux hommes l'aient abandonné.

Saisissant le tambour, il bat l'assemblée, commande l'exercice à une troupe imaginaire, désigne à chacun son poste de combat, exhortant les officiers et les hommes à faire leur devoir. Puis, quand la flotte anglaise, arrivée à quelques encâblures du fort, vint s'embosser pour commencer l'attaque, il s'écria, de façon à être entendu du pont des vaisseaux ennemis :

— Attention ! Canonniers, à vos pièces !

Et, contrefaisant sa voix, il répondit pour l'officier absent :

— Nous sommes parés, commandant.

— Laissons débarquer les Anglais, commanda-t-il ensuite, et, quand ils seront à terre, feu partout !

L'ennemi fut-il trompé par cette supercherie ? crut-il que le fort était défendu par une garnison nombreuse et craignit-il d'être repoussé avec perte? Toujours est-il qu'au bout d'un instant, le vaisseau amiral fit le signal de la retraite, les navires virèrent de bord et, profitant de la marée, gagnèrent le large, s'éloignant à la hâte.

Michel Cabieu, par son sang-froid et sa présence d'esprit, avait mis en fuite une flotte anglaise!

Cependant, la nouvelle de cet exploit se répandit bientôt dans le pays, et le sergent Cabieu fut surnommé par les habitants le général Cabieu; il garda ce nom jusqu'à sa mort, qui eut lieu en 1804, le 4 décembre.

Les concitoyens de Cabieu ne se contentèrent pas de lui donner le titre de « général », ils demandèrent pour lui une récompense au roi Louis XV, qui accorda au brave défenseur de la redoute de Ouystreham une pension de cent livres.

En 1794, la Convention, voulant rendre un public hommage à la bravoure de Cabieu, donna son nom à Ouystreham, en lui accordant un secours de six cents livres; mais, quelques années après, le petit port reprenait son appellation première.

Aujourd'hui, le nom du *général Cabieu* est

resté légendaire sur toute la côte du Calvados ; chacun connaît et répète l'histoire du brave sergent.

LE MARIAGE DU PÈRE LECORNEC

Sur la grande dune hérissée de chardons épais, d'herbes rudes, de tamarins rabougris, grillés par le vent du nord-est, je me promenais en compagnie de deux marins.

L'un, vieux et cassé, avançait péniblement, appuyé sur son bâton ; l'autre, moins âgé, était fort et vigoureux ; il marchait droit, malgré ses soixante-dix ans : c'était Lecornec, l'ancien capitaine, le fin matelot. Le vieux, le père Pierre, avait bien quatre-vingts ans ; mais il ne savait pas au juste, et le seul renseignement qu'il pût donner à cet égard, c'est qu'il était, à Navarin, gabier de misaine à bord de l'*Intrépide*.

Nous cheminions en silence, réglant notre pas sur celui de l'ancien. Lecornec venait de me raconter un épisode de sa longue vie de marin, et je songeais à l'existence aventureuse de ces rudes hommes, quand, soudain, père Pierre s'arrêta, et de sa voix chevrotante :

— Dis-nous donc, Lecornec, pourquoi tu ne t'es jamais marié.

— C'est vrai, repris-je; pourquoi donc ne vous êtes-vous jamais marié, Lecornec?

— C'est une vieille histoire, ça, monsieur, et je croyais vous l'avoir déjà contée.

— Pas que je sache, Lecornec.

— Il y a quarante ans, de cela...; à cette époque, je commandais le *Colibri*, un brick de cinq cents tonneaux, un beau bateau, fin marcheur, et qui portait la toile comme pas un par un gros temps.

Nous revenions du Brésil, en route pour le Havre. Depuis cinq jours, l'Océan était démonté; des vents violents soufflant de tous les points du compas nous assaillaient sans relâche, et le baromètre baissait à vue d'œil. Nous étions dans le voisinage d'un cyclone.

Le sixième jour, le vent mollit un peu;

chassées par une bonne brise du sud-ouest, les grosses nuées se dissipaient, et le ciel reprenait sa pureté. A midi, je pus faire le point ; nous étions par le travers des Bermudes.

Il fallait rattraper le temps perdu : je fis larguer un ris dans les huniers et établir les perroquets ; puis, brisé de fatigue par les veilles des nuits précédentes, je me retirai dans ma cabine pour prendre un peu de repos.

Au moment où j'allais quitter le pont, un matelot cria du haut du grand mât :

— Une épave par tribord devant !

Ma longue-vue à la main, je m'élançai dans les enfléchures, et, suivant la direction indiquée, j'aperçus un point noir qui tantôt dansait au sommet de la vague, tantôt disparaissait entre deux lames.

Je fis porter d'un quart à tribord et gouverner sur l'épave ; une demi-heure plus tard, nous distinguions une grande baleinière qui semblait abandonnée. Le *Colibri* mit en panne, on arma une embarcation, et, quelques instants après, l'épave, remorquée par mon canot, accostait le long du bord.

Je vivrais mille ans, mes amis, que jamais je n'oublierais le spectacle qui s'offrit à ma vue!... Il y avait du monde à bord de la baleinière ; mais, bon Dieu! quel équipage!

Au fond de la barque, nu jusqu'à la ceinture, gisait un homme dont le bras droit était

Accroupi près du cadavre, se tenait un matelot qui nous regardait avec des yeux hagards.

décharné, les chairs rongées jusqu'à l'os. Accroupi près du cadavre, se tenait un matelot qui nous regardait avec des yeux fixes, hagards, effrayants. Couchée à l'arrière, une femme, la tête recouverte d'un pan de manteau, ne donnait plus signe de vie.

On hissa les naufragés à bord du brick; un des hommes était mort, je vous l'ai déjà dit; l'autre, le cannibale, qui avait mangé le bras de son camarade, était fou; le lendemain, il mourut. Quant à la femme, c'était une demoiselle mignonne et jolie.

A force de soins, nous parvînmes à la rappeler à la vie; deux jours après, il ne lui restait qu'une grande faiblesse, un chagrin immense et l'affreux souvenir des souffrances passées. Elle nous raconta son histoire :

Son père, riche négociant de la Guadeloupe, revenait en France avec toute sa fortune; lui et sa fille avaient pris passage à bord de la *Dame du Lac*, un trois-mâts-barque du Havre. Surpris par la tempête, dont nous n'avions eu que le contre-coup, le navire, vieux et fatigué, n'avait pu lutter contre les flots; une voie d'eau s'était déclarée; malgré le mauvais état de la mer, on avait résolu d'essayer de se sauver dans les embarcations. Déjà la jeune fille et deux matelots étaient descendus dans la baleinière, quand les amarres se brisèrent; emporté par une lame monstrueuse, le frêle esquif fut lancé sur l'Océan, sans avirons, sans eau, sans vivres.

Vous devinez le reste, mes amis : lorsque la faim se fit sentir impérieuse et féroce, quand la soif les eut rendus fous, ces deux hommes résolurent de tuer la pauvre enfant.

— Je ne me serais pas défendue, nous disait-elle, car c'était trop souffrir !

Une altercation s'éleva entre les deux matelots : l'un voulait la tuer sur-le-champ; l'autre voulait attendre encore avant de la sacrifier. Ils en vinrent aux mains, et le plus faible succomba ; à peine avait-il roulé au fond de l'embarcation, assommé dans sa chute, que le vainqueur rongeait à belles dents le bras du cadavre encore chaud.

Imaginez-vous cette scène d'horreur, mes amis?

Dans ce canot perdu au milieu de l'Océan immense, soulevé par des lames monstrueuses, deux hommes, deux bêtes féroces, se livrent un combat dont la vie de cette jeune fille est le prix.

Et elle assiste à cette lutte, accroupie au fond de la baleinière, se cramponnant des deux mains aux plats-bords, pour ne pas être précipitée dans les flots par les mouvements désordonnés que les combattants impriment à la barque!

Comment la pauvre enfant n'est-elle pas devenue folle d'épouvante !...

Quand la lutte fut terminée, la demoiselle, pour ne pas être témoin de l'atroce festin, se couvrit le visage, résolue à mourir. Deux heures après, nous la sauvions.

— Qu'était devenue la *Dame du Lac?* demandai-je.

— Nous n'en savions rien, et c'est justement ce qui ajoutait encore au chagrin de la demoiselle. Si la *Dame du Lac* était perdue, si le père avait péri dans le naufrage, la pauvre jeune fille se voyait orpheline, sans ressources, sans même une robe pour se vêtir.

Je faisais bien de mon mieux pour la consoler :

— Votre père, lui disais-je, n'a peut-être point péri ; puisque le hasard nous a mis sur votre route pour vous sauver, pourquoi n'en aurait-il pas fait autant pour votre père? Et puis, ne craignez rien : en attendant des nouvelles, vous viendrez chez moi, chez ma mère, une brave femme qui vous soignera et vous aimera bien.

Six semaines après, nous étions au Havre,

et j'amenais mademoiselle Emma (c'est ainsi qu'elle s'appelait) dans la maison où ma mère finissait de vieillir en paix.

A chaque voyage, je venais les voir, et j'étais heureux pour quelques jours, puis je repartais, souhaitant le retour avec impatience.

Il y avait deux ans que cela durait, mes amis ; on avait acquis la certitude que la *Dame du Lac* et tous ses passagers avaient péri, et il avait été convenu que la demoiselle resterait avec nous. Mais j'étais jeune dans ce temps-là, et un rude gars, je puis le dire. A force de voir Emma, je finis par me demander pourquoi elle ne serait pas ma femme. J'avais trente ans, elle en avait vingt : j'étais un brave capitaine, je gagnais bien ma vie ; quoi de plus naturel ?

Une fois mon idée arrêtée, j'allai trouver Emma, et, bêtement, gauchement, roulant mon *suroit* (1) dans mes doigts, je lui fis ma demande.

La pauvre fille m'avait trop de reconnaissance pour refuser ; c'était une occasion de

(1) Chapeau ciré que portent les matelots pendant le mauvais temps.

me témoigner sa gratitude. et puis elle n'avait plus personne au monde.

Elle m'expliqua tout cela d'une façon si douce, si charmante, que moi, bête et égoïste. je ne m'aperçus pas quel immense sacrifice elle allait faire : elle, si mignonne et si jolie. s'unir à un matelot bourru, brutal, endurci par le rude métier de la mer!

Je devais faire encore un voyage, et, à mon retour, il était convenu que nous nous marierions.

En arrivant, dès que j'eus embrassé ma mère et ma fiancée, j'allai voir notre maire, un ancien dans lequel j'avais une confiance absolue.

— Lecornec, me dit-il, quand je lui eus annoncé la chose, tu es un brave cœur : ce que tu veux faire là est bien ; la pauvre fille allait périr, tu l'as sauvée ; elle n'avait plus de maison, tu lui as donné la tienne ; elle était orpheline, tu as dit à ta mère : « Mère, je vous amène un enfant de plus » ; elle n'a pas de famille, et tu veux lui en créer une, encore une fois, Lecornec, c'est bien.

Mais tu ne feras pas cela... Il y a entre toi et elle une distance que, malgré toute ton affection, tous tes soins, tu ne saurais franchir.

Entre cette nature délicate, fine et distinguée, et toi, dont le cœur est bon, mais dont l'écorce est rude, il n'y a pas d'union possible. Veux-tu mettre cette petite main blanche dans ta grosse main calleuse et velue ?

Non, Lecornec, tu réfléchiras, mais tu ne feras pas cela.

— Mais, monsieur le maire, repris-je effrayé, est-ce qu'Emma vous a dit...?

— Non, elle ne m'a rien dit; mais j'ai vu, moi, j'ai compris que l'enfant a pour toi tant de reconnaissance qu'elle n'aurait pas osé refuser. Elle t'aime, Lecornec, comme on aime un frère, et tu ne veux pas lui préparer toute une vie de regrets peut-être.

Je n'en écoutai pas davantage : j'avais compris ; honteux d'avoir un instant pensé à faire d'Emma ma femme, je courus chez moi, et, tout ému — je ne sais comment me vinrent les mots, — je lui demandai pardon d'avoir songé à elle.

Emma me sauta au cou, m'embrassa, puis, tombant sur une chaise, elle fondit en larmes...

Deux jours après, je reprenais la mer, et je fus trois ans sans revenir . . . .

. . . .

Maintenant, nous cheminions en silence. Lecornec sortit de sa poche sa boîte de cuivre remplie de tabac, et il bourra sa pipe.

— Qu'est devenue la demoiselle ? demandai-je.

Lecornec s'arrêta un instant.

— Quand je revins, dit-il, elle était mariée; mais vous l'avez connue : c'était la dame du château.

— La dame du château ?

— Oui, monsieur, répondit le marin sur un ton qui me sembla plein de tristesse.

— Mais cela ne nous dit pas pourquoi vous ne vous êtes jamais marié.

— A quoi bon, monsieur ?... N'avais-je pas à élever les enfants de ma sœur, dont le mari mourut à la mer l'année suivante ?...

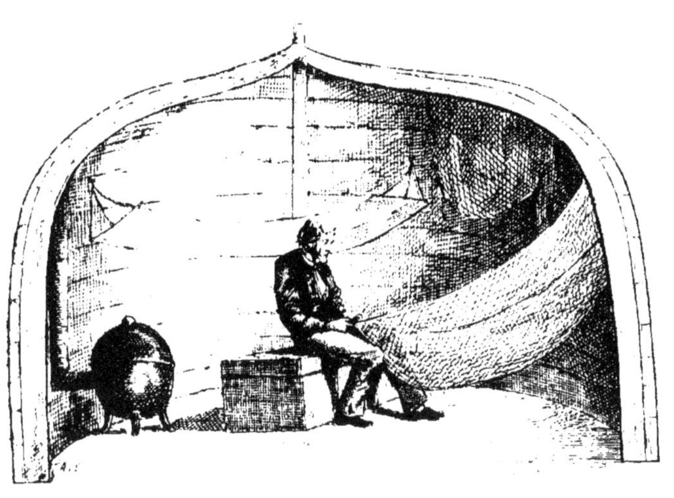

PIERRE LE SOMBRE

Aussi loin que se reportent mes souvenirs, je me rappelle ce grand vieillard sec et osseux, à la barbe inculte, à la longue chevelure grise flottant sous son bonnet de laine. Les gens du pays l'appelaient Pierre le Sombre et lui témoignaient une sorte de respect. Nous, nous le prenions pour un fou, et il nous faisait peur. C'est avec crainte que nous approchions de sa demeure et que nous guettions sa sortie, car il nous rudoyait parfois.

Pierre le Sombre habitait sur la grève une grande cabane faite avec la coque renversée d'un bateau : un fort *prélart* (1), cloué à la place de l'arrière, tenait lieu de porte ; tout autour, étaient suspendus des filets de pêche. Pour tout mobilier : un hamac accroché à la quille, un vieux coffre servant de siège et de commode et un poêle.

Le vieux marin vivait là, tout seul, ne quittant sa demeure que pour s'embarquer dans son *picoteux* et aller à la pêche ; tout le reste du jour, il se tenait enfermé, raccommodant ses filets. Pour ma part, je ne l'ai vu que deux fois au pied du petit phare où se réunissent d'ordinaire les matelots ; c'était deux jours où le vent soufflait en tempête, où la mer démontée roulait au large d'immenses lames noires, sous les gros nuages gris. Il se promenait sur la digue, s'arrêtant par instants pour scruter l'horizon, puis il reprenait sa marche ; les autres marins respectaient son silence et s'écartaient sur son passage.

Il y a quelques années, je revins au pays, après une longue absence ; dès mon arrivée, je courus sur la grève : une des premières choses qui frappèrent mon regard fut la cabane de Pierre le Sombre, délabrée, affaissée, tombant

(1) Grosse toile à voile goudronnée.

en ruine. Je m'en approchai : le prélart était arraché, les planches de la muraille, enlevées, laissaient voir les membrures de la vieille carène ; à l'intérieur, plus rien, que des tas de sable et de varech amoncelés par le vent.

Malgré la terreur que m'inspirait le vieux solitaire, j'éprouvai un serrement de cœur en voyant ces débris.

Un vieux pilote passait.

— Bonjour, père Philippe, lui dis-je ; qu'est devenu Pierre le Sombre ? Est-ce qu'il a déménagé?

— Il est mort, me répondit le matelot.

— Le fait est, repris-je, qu'il serait bien vieux, maintenant.

— Mais non, pas tant que cela ; il avait deux ans de moins que moi, et je n'en ai pas tout à fait soixante-cinq.

— Tiens, je le croyais bien âgé.

— C'est que Pierre avait subi bien des avaries dans son existence ; pauvre vieux, moi qui l'ai connu si gai, si joyeux...

— Il y a bien longtemps de cela, alors, car je l'ai toujours vu aussi sombre que son nom.

— C'est depuis le malheur.

— Quel malheur ?

— Ah ! c'est toute une histoire, et je croyais que vous la connaissiez.

— Non, père Philippe; mais vous allez me la conter en buvant un pot de cidre.

Accompagné du pilote, j'entrai dans une auberge, et le vieux marin me raconta l'histoire de Pierre le Sombre.

— Quand Pierre revint du service, commença mon narrateur, après avoir vidé d'un trait un verre de cidre, c'était un beau gars de vingt-quatre ans, un vrai matelot, honnête et brave comme pas un. L'année suivante, il épousa la fille à défunt Jean-Louis, que vous avez bien connu, s'installa dans la petite maison derrière le poste des douaniers, acheta un picoteux et se mit à faire la pêche pour son compte.

Deux ans après son mariage, Pierre eut un fils qu'il se mit à aimer comme un fou; tout le temps qu'il n'était pas à la mer, il le passait à faire jouer son enfant ou à le bercer pour l'endormir ; plus tard, il lui gréait des bateaux, le promenait sur la plage; enfin, il ne le quittait pas. Nous en riions un peu, nous autres qui élevons rudement nos gars; mais, quand on voulait plaisanter Pierre sur ce sujet, il se fâchait tout rouge.

Quand l'enfant eut dix ans, Pierre commença à l'emmener avec lui à la mer : c'était son mousse, et il lui apprenait son métier.

— Ça fera un rude matelot, disait-il quelquefois; il n'aura pas autant de misère que moi au service, il sera timonier.

Les années s'écoulaient heureuses pour la famille, et tout semblait lui sourire, quand un premier malheur vint frapper le pauvre Pierre: sa femme mourut presque subitement.

Ce fut un grand chagrin : Pierre adorait sa femme: mais il lui restait son fils, et son affection pour l'enfant sembla s'augmenter encore. Maintenant, ces deux hommes ne se quittaient plus: ils demeuraient seuls dans la petite maison et, malgré sa douleur profonde, Pierre tâchait d'être gai pour ne pas attrister l'enfant par la vue de ses larmes.

Une seule chose préoccupait le marin : c'était l'idée de se séparer de son fils pendant trois ans, quand celui-ci aurait vingt ans et qu'il ferait son service à l'État. Il me fit part de son inquiétude.

— Dame, mon vieux, lui dis-je, je ne vois guère moyen de remédier à cela ; tu as fait inscrire ton fils, il faut qu'il serve.

— Oui, mais j'ai une idée, et c'est à ce sujet

que je veux te consulter : quand petit Pierre — c'est ainsi qu'il appelait l'enfant — partira, je le suivrai ; je suis un bon marin, et on me reprendra bien à bord d'un navire de guerre.

J'avoue que le projet de Pierre m'étonna : notre terreur, à nous, c'est d'être rappelés au service, et lui, uniquement pour ne pas quitter son fils, voulait se rembarquer à quarante-six ans. Encore une fois, je ne comprenais pas cette tendresse-là ; mais je n'essayai pas de dissuader mon vieux camarade ; son parti était pris, et rien au monde ne l'eût fait changer.

Un jour, l'enfant pouvait avoir dix-sept ans, il y a vingt ans de cela, petit Pierre prit le canot de son père pour aller au large, à la marée basse, relever des casiers à homards ; Pierre refusait de le laisser partir ; mais le jeune homme insista : il ne voulait pas manquer la marée, et le père devait rester à terre pour réparer le *chalut* (1), déchiré par de grosses pierres pendant la dernière pêche.

Le temps était magnifique, et, après avoir examiné l'horizon, Pierre laissa partir son fils.

Il était à la mer depuis trois heures environ,

(1) Long filet que traînent les bateaux pour la pêche.

quand un grain carabiné s'éleva dans le nord-ouest; bientôt le vent souffla par rafales, le temps s'obscurcit, et un orage violent éclata sur la mer.

Aux premiers signes de la tempête, Pierre voulut aller au-devant de son enfant; mais la mer était retirée, les bateaux à sec, et, par conséquent, il était impossible de s'embarquer.

Ah! monsieur, quelles heures passa le pauvre père, errant sur la plage, suivant les progrès du grain, calculant les chances de salut qui restaient à son fils!

Avec la marée revinrent les bateaux partis en même temps que petit Pierre; mais il en manquait deux : celui de Jean-Louis, monté par un matelot, et celui de Pierre. Il voulait partir, mais, dans l'état où était la mer, il n'aurait pu manœuvrer seul son picoteux : peu de marins se souciaient de sortir par un temps pareil.

Pierre vint me trouver. Malgré les supplications de ma femme et les conseils des camarades, je m'embarquai avec lui.

Quel temps, bon Dieu! Il nous fallut tout notre courage et toute notre énergie pour franchir le ressac formé par les grosses vagues qui venaient se briser en roulant sur la plage; enfin, après plusieurs heures de lutte, manquant cent fois d'être engloutis, nous atteignîmes l'endroit où se trouvaient les casiers. Pas la moindre barque en vue.

Debout sur l'avant de son picoteux, il fouillait l'horizon du regard.

— Il aura fui devant le temps, dis-je à Pierre, et se sera réfugié à la côte.

Mais le père ne m'écoutait pas.

Debout sur l'avant de son picoteux, cramponné au mât pour ne pas être emporté par le vent ou balayé par les lames qui venaient se briser contre le bateau, il fouillait l'horizon du regard et ne semblait pas entendre mes paroles.

Enfin, il s'écria, en montrant du doigt un point dans l'est :

— Un canot par tribord devant!

Je gouvernai sur le point indiqué. Bientôt, en effet, nous abordâmes une embarcation: c'était celle de Jean-Louis.

— As-tu vu mon fils? demanda Pierre au marin qui montait le canot.

— Oui, avant le grain; mais, depuis, je ne l'ai pas aperçu.

Nous prîmes l'homme dans notre bateau, et la recherche continua jusqu'au soir. Pierre, toujours debout à l'avant, pâle, les dents serrées, les poings crispés, appelait de temps en temps :

— Pierre! Pierre! petit Pierre!

Mais sa voix était couverte par le bruit du vent et de la mer.

Enfin, à la nuit noire, nous rentrâmes; moi, j'allai chez moi; Pierre se promena sur la plage jusqu'au jour.

Que vous dirai-je, monsieur, que vous

n'ayez déjà deviné ? Surpris par le grain, petit Pierre avait sans doute tenté de regagner terre ; mais, soit qu'il ait perdu la tête à l'heure du danger, soit qu'il n'ait pas eu la force de lutter, sa frêle embarcation, prise par une lame, avait chaviré, et l'enfant avait péri.

Le lendemain, des gens du village voisin vinrent annoncer que le canot, renversé, était venu à la côte, et, deux jours après, la mer rejeta le corps de petit Pierre.

Je n'essaierai pas de vous dépeindre la douleur du père ; elle fut calme, du reste ; Pierre ne versa pas une larme ; il accompagna son fils jusqu'au cimetière, puis il rentra chez lui, où il resta deux jours enfermé sans sortir.

Trois jours après, il quitta la maison où il avait vécu si heureux entre sa femme et son fils, ces deux êtres qu'il adorait, et vint s'installer dans la vieille coque de navire où vous l'avez connu.

A partir de ce moment, il alla tous les jours à la mer, mais bien souvent il ne pêchait pas : il gagnait le large et croisait pendant des heures entières à l'endroit où son fils avait péri, puis il rentrait chez lui et ne sortait plus.

— C'est ainsi que je me le rappelle, interrompis-je, et, quand j'étais enfant, il me faisait peur; je le prenais pour un fou. Lorsque j'allais jouer près de sa cabane avec des gamins de mon âge, il nous chassait parfois.

— Oui, vos rires d'enfants lui faisaient mal; ils lui rappelaient petit Pierre.

Je vous ai dit qu'il ne sortait jamais, je me trompe; quand la tempête soufflait au large, il se promenait sur la grève et passait souvent sa nuit entière à épier l'horizon noir. Trois fois, au plus fort de la bourrasque, il partit sur son picoteux pour aller au secours de navires en danger, et, chaque fois, il vint me chercher. Quand nous passions, ballottés par l'ouragan, à l'endroit où petit Pierre s'était noyé, il me disait :

— Philippe, c'est là!

J'étais du reste le seul matelot auquel il adressât quelquefois la parole.

— Mais lui, qu'est-il devenu?

— Attendez, monsieur, j'y arrive.

Il y a cinq ans, on arma ici un canot de sauvetage : en ma qualité de pilote, j'en fus nommé patron. Aussitôt, Pierre vint me trouver.

— Philippe, me dit-il, as-tu tout ton équipage?

— Non, mon vieux, il me manque encore deux hommes.

— Embarque-moi.

— Entendu.

Pendant deux ans, nous eûmes plusieurs fois l'occasion de sortir pour aller au secours de navires en péril, et si nous fûmes toujours assez heureux pour sauver les équipages, je dois le dire, c'est grâce surtout au dévouement de Pierre le Sombre. Le danger semblait l'attirer ; au plus fort de la tempête, il paraissait heureux, il était transfiguré et exposait sa vie comme à plaisir. Souvent, je lui en fis le reproche; mais il ne paraissait pas me comprendre.

Un jour, il y a trois ans, c'était le 26 mars 1882, la brise soufflait, dès le matin, en rafales du nord-ouest ; à la marée montante, le vent augmenta encore, et la mer, soulevée en lames monstrueuses, déferlait avec fracas sur le banc Hamon, que vous connaissez.

Prévoyant que la journée ne se passerait pas sans amener quelque navire à la côte, je fis armer le canot de sauvetage. Le soir, un peu avant la nuit, nous aperçûmes un grand sloop qui venait de s'échouer sur le banc. Je fis immédiatement mettre le canot à la mer, car il était certain que le navire ne résisterait pas longtemps au choc furieux des vagues qui venaient se briser contre ses flancs.

Après deux heures, nous réussîmes à nous approcher du sloop; mais la violence des vagues était telle que nous ne pouvions accoster le bâtiment sous peine d'être brisés contre sa muraille, sans profit pour les naufragés.

Il fallait établir un va-et-vient; grâce à une fusée, nous parvînmes à lancer une amarre au sloop, et, avec mille précautions, après avoir couru les plus grands dangers, nous réussîmes à faire passer à notre bord les hommes de l'équipage : il était temps, car, cédant à la violence de l'attaque, le sloop commençait à s'entr'ouvrir et ne devait pas tarder à s'abîmer dans les flots.

J'allais donner ordre de couper l'amarre d'un coup de hache et de retourner à terre, quand le patron du sloop que nous venions de sauver s'écria :

— Où est le mousse?

Chacun se regarda : le mousse, un enfant de quatorze ans, était resté à bord.

— Je vais le chercher, dit un de mes hommes.

— Non, pas toi, tu es père de famille, interrompit Pierre le Sombre; tu n'as pas le droit d'exposer ta vie; moi, j'irai.

Et, s'élançant sur l'amarre, le brave Pierre se dirigea vers le sloop. Cramponné des deux mains après la corde, tantôt il plongeait sous les vagues immenses qui le submergeaient; tantôt, enlevé par le câble qui se raidissait, il pendait à bout de bras à plusieurs mètres au-dessus de l'abîme.

Enfin, il atteignit le navire; bientôt après, nous le vîmes suspendu de nouveau à la corde, d'une seule main, tenant de l'autre le pauvre petit mousse.

Je me suis toujours demandé comment, ainsi chargé, il avait pu accomplir sa périlleuse traversée.

Il approchait du canot; encore un effort, et il le touchait; un de mes hommes le débarrassa de son fardeau, qu'il déposa au fond du canot, puis, se retournant, allongea la main vers Pierre pour l'aider à embarquer; mais, au moment où il allait le saisir, l'amarre, tendue outre mesure par une secousse plus forte que les autres, se rompit au ras du canot, et Pierre le Sombre, roulé par la vague, disparut dans le gouffre. . . . .

. . . .

Le pauvre Pierre le Sombre était mort victime de son dévouement.

Deux jours après, la mer rejetait son corps, et nous l'enterrions auprès de son fils bien-aimé.

En terminant ce récit, la voix du vieux pilote tremblait.

— Voyez-vous, monsieur, la mer garde toujours rancune à qui lui arrache ceux qu'elle voulait engloutir; Pierre le Sombre avait sauvé trop d'hommes, son tour était venu, et la mer l'a pris.

Sur cette réflexion philosophique de Philippe, nous quittâmes l'auberge, lui pour regagner sa demeure, moi pour aller errer sur la grève et revoir la cabane du pauvre Pierre le Sombre.

SAUVER OU PÉRIR

Saint-Valery-sur-Somme, 23 août 1886.

Hier, j'ai visité le cimetière de Saint-Valery; les tombes y sont nombreuses et pressées; tombes modestes, pour la plupart, mais entretenues avec le plus grand soin : de fraiches couronnes de perles blanches, des fleurs, des plantes vivaces témoignent du pieux souvenir que les vivants conservent pour leurs chers morts.

Contre les grilles de fer, un écusson de cuivre porte le nom du défunt et la date du décès, et, sur beaucoup de ces plaques, j'ai lu :

« MORT A LA MER »

Que de drames poignants, que de dévouements obscurs, que d'héroïsmes ignorés cachent ces quatre mots ; qu'ils en disent long à ceux qui, comme moi, connaissent les rudes hommes qui peuplent les côtes de notre chère France ; « braves gens qui vivent mouillés, a dit le grand poète, et dont toute l'histoire tient entre le flot qui monte et la vague qui s'en va ».

Je parcourais ces tombes, lisant les noms, me glissant dans les petits sentiers qu'envahissent les fleurs, quand mon regard fut attiré par une haute colonne brisée, telle qu'on en élève sur le tombeau des enfants ou des jeunes gens.

Je m'approchai : c'était un monument.

Sur la colonne, les armes de la ville : d'azur à la nacelle d'or sur des ondes d'argent, au chef semé de France, à la bordure componée d'argent et de gueules. En dessous, le mot : FIDES, gravé en creux; puis, plus bas, la devise des marins, des braves, des dévoués :

SAUVER OU PÉRIR

Sur le socle, sorte de piédestal carré, deux noms et deux dates :

Louis-François PAUME (1858-1882).

—

Eugène-Jean-Baptiste PAUME (1864-1882).

En bas, sur le sol, une pierre tombale où sont sculptées en relief deux mains jointes ; non pas une main d'homme étreignant une main de femme fine et gracieuse, comme les artistes funéraires en placent sur les tombeaux des époux, mais deux mains rudes et vigoureuses, deux mains de matelots qui se lient et se serrent dans une étreinte suprême ; puis une date : 29 *avril* 1882.

Longtemps, je restai devant ce monument élevé par la ville de Saint-Valery — les armes gravées sur la colonne l'indiquaient de reste, — à la mémoire de deux matelots ; lorsque je quittai le cimetière, devinant un sombre drame, je gagnai la place des Pilotes pour interroger les marins et me faire raconter l'histoire de ces deux enfants, de ces deux frères que la mort avait enlevés le même jour.

Sur la place des Pilotes, les marins, formés

par groupes, causaient en attendant l'heure où la marée baisse et où, profitant du courant, ils embarquent dans leurs canots pour aller en mer, en face Cayeux, trainer le *chalut* pour pêcher des *sauterelles* (c'est ainsi qu'à Saint-Valery on nomme les crevettes).

Je cherchais parmi ces braves gens une figure de connaissance, quand j'aperçus Violette, un jeune matelot avec lequel j'avais déjà fait quelques promenades en mer.

Il vint vers moi.

— Bonjour, monsieur, me dit-il en me tendant sa main calleuse ; un beau temps, aujourd'hui, pour aller à la mer.

— Oui, mon ami ; dites-moi donc, pouvez-vous me conter l'histoire de ces deux jeunes gens qui sont morts le 29 avril 1882, et auxquels... ?

— Certainement, monsieur : les fils Paume ; mais pas aujourd'hui ; voilà la mer qui s'en va, et il faut que je parte.

— Et si je vous accompagnais ?

— A votre service, monsieur : la marée sera belle.

— Et vous me direz cette histoire en chemin ?

— Je vous montrerai même l'endroit où le malheur est arrivé.

Un quart d'heure après, j'étais dans le *canot à sauterelle* ; Violette hissait sa grande voile, et, poussés par une bonne brise, nous suivions dans ses contours le chenal que s'est creusé la Somme à travers la baie.

Assis à l'arrière de son embarcation, tenant la barre du gouvernail, Violette fumait philosophiquement sa pipe ; il semblait oublier la promesse qu'il m'avait faite. Je le rappelai à l'ordre.

— Et mon histoire?

— C'est bien simple, monsieur : les fils Paume avaient perdu leur père ; ils restaient seuls avec leur mère, et, pour la nourrir, faisaient la pêche comme nous, comme presque tous les hommes ici.

Le plus jeune avait dix-huit ans ; l'aîné en avait vingt-quatre, il venait de terminer son service à l'État, et c'est depuis cette époque qu'ils naviguaient tous deux : avant le retour de Louis, Eugène travaillait avec son oncle, un pêcheur, lui aussi.

Un jour, c'était le 29 avril 1882, les bateaux rentraient de la mer ; un à un, entraînés par le flot, ils doublaient la pointe du Hourdel et s'engageaient dans la baie. suivis de près par les radeaux qui revenaient de Cayeux chargés de galets. Tout à coup, le vent se mit à souffler violemment du *noroit.* Les deux jeunes gens étaient restés en arrière, ils s'étaient attardés à la pêche et naviguaient de conserve avec un des radeaux sur lequel était la fiancée de Louis.

Quand ils furent arrivés là, tenez, monsieur, près de cette bouée rouge, le plus jeune s'écria :

— Un canot qui se perd !

— C'est notre oncle !

En effet, le canot de leur oncle, emporté par le courant, était en dehors du chenal ; pris en travers par le vent et par le ressac des lames courtes sur les bancs, il avait chaviré.

Sans dire un mot, sans même se consulter, les deux enfants se dirigèrent vers leur oncle pour le recueillir et le sauver ; mais, je vous l'ai dit, la mer était dure et le vent violent ; en vain tentèrent-ils d'accoster l'embarcation en péril, ils ne pouvaient l'approcher.

Pour comble de malchance, leur mât se brisa et tomba si malheureusement qu'il creva le canot ; l'eau entra à flots, et le bateau coula à pic.

Alors, les deux jeunes gens se mirent à la nage, s'aidant des débris du mât et tentant toujours de rejoindre leur oncle; mais le courant les entraînait. Lorsqu'ils voulurent essayer de regagner la digue, il était trop tard : brisés de fatigue, il leur restait à peine assez

Il leur restait à peine assez de force pour se soutenir sur le tronçon du mât.

de force pour se soutenir, la poitrine appuyée sur le tronçon du mât. Ils luttèrent longtemps, et c'était affreux de voir les efforts désespérés de ces deux hommes disputant leur vie aux flots; enfin, une lame plus forte que les autres passa, et les deux enfants disparurent.

— Mais on n'a donc rien tenté pour les sauver?

— Que pouvait-on faire? Les bateaux étaient rentrés à Saint-Valery : ils n'auraient pu sortir, ayant contre eux le courant et le vent...

— Et le radeau?

— Lui aussi était entraîné par le flot avec une vitesse effrayante; les gens qui le montaient n'en étaient plus maîtres et avaient assez de se cramponner aux amarres pour ne pas être emportés par les vagues qui le balayaient sans interruption; une seule personne était restée debout, et c'est miracle qu'elle ait pu résister à la violence des lames : c'était Marie, la fiancée de Louis, qui poussait des cris déchirants et levait ses bras au ciel en appelant son promis, comme si ses prières eussent pu le sauver.

Le lendemain, à la marée basse, on retrouva le corps des trois hommes : l'oncle, près de son bateau; les deux jeunes gens, sur la grève; ils se tenaient par la main, et c'est pour cela que sur la tombe on a sculpté deux mains jointes.

Tel est le récit que me fit Violette. « C'est

simple », m'avait dit cet homme ; ils sont tous les mêmes dans leur dévouement ; mon narrateur trouvait simple l'action de ces deux enfants morts pour sauver leur oncle.

La ville de Saint-Valery a fait des funérailles magnifiques à ces deux héros, et, sur la tombe qu'elle leur a fait élever, elle a gravé la devise de ces braves :

SAUVER OU PÉRIR.

CREVETTE

On l'appelait Crevette. Pourquoi?

Est-ce parce qu'elle était maigre et chétive? ou bien parce que l'été elle allait chaque jour à la pêche aux crevettes et qu'elle courait de maison en maison, offrant sa marchandise aux baigneurs, en criant :

— Crevettes, crevettes! Achetez-moi des crevettes.

Elle n'avait ni père ni mère, la pauvre Crevette : c'était une enfant trouvée. Des braves gens l'avaient ramassée sur le chemin, elle n'avait pas deux ans.

Une vieille femme infirme l'avait recueillie, la soignait de son mieux et mendiait pour la nourrir.

Un jour, quand elle voulut quitter son grabat pour aller frapper à la porte des maisons charitables, la bonne vieille s'aperçut qu'elle ne pouvait plus bouger : elle était paralysée.

Elle appela Crevette.

— Mon enfant, je ne puis plus remuer ; comment allons-nous faire ?

Crevette réfléchit un instant.

— Soyez sans crainte, mère, je vous remplacerai.

— Ce sera bien dur pour toi de mendier, ma mignonne.

— Laissez-moi faire.

Et Crevette sortit.

Le soir, elle rentra toute joyeuse et jeta quelques sous sur le grabat de sa mère adoptive.

La vieille l'attira vers elle pour la baiser.

— Tes vêtements sont mouillés, fillette, qu'as-tu fait ?

— J'ai emprunté une *bourache* (1) et j'ai pêché des crevettes.

La pauvre fille n'avait qu'une robe, et quand elle était restée pendant des heures dans l'eau jusqu'à la ceinture, elle ne pouvait se changer : c'est le soleil qui devait la sécher.

Pendant tout l'été, Crevette continua de pêcher et put subvenir à son tour aux besoins de la vieille.

L'hiver, elle aidait les femmes des marins à réparer les filets ; elle leur rendait de petits services, et, en échange, recevait un morceau de pain.

Quand revint l'été, Crevette reprit sa pêche ; les baigneurs qui étaient venus l'an passé la connaissaient, lui achetaient, et quelquefois elle rapportait une pièce blanche dans la pauvre masure.

— La brave fille que tu fais, mignonne, disait la vieille femme, tu mérites d'être heureuse.

Un matin, au moment de quitter la chaumière, Crevette se baissa sur le grabat de sa mère adoptive pour l'embrasser, bien doucement, car la vieille avait les yeux fermés et semblait dormir.

(1) Filet avec lequel on pêche des crevettes.

Quand l'enfant posa ses lèvres sur le front ridé de la pauvre paralytique, elle eut peur et se releva tremblante : le visage de la femme était glacé.

— Mère! appela-t-elle; mère! répondez-moi.

Mais la vieille dormait son dernier sommeil et n'entendait plus la voix de sa petite Crevette.

L'enfant sortit en pleurant; elle appela des voisines, leur racontant sa frayeur...

Crevette accompagna sa mère au cimetière, puis elle courut s'enfermer dans la cabane solitaire, et y demeura tout le jour.

Le lendemain, elle reprit son filet, et, comme par le passé, s'en alla par les rues, criant :

— Crevettes! crevettes! Achetez-moi des crevettes.

Cependant, la fillette grandissait; elle approchait quinze ans. Elle avait une figure étrange, avec ses grands yeux noirs, que sa maigreur rendait plus grands encore, et son épaisse chevelure brune qui tombait en désordre et lui cachait le front. Elle vivait seule, causant rarement, fuyant les enfants de son âge qui l'insultaient et se moquaient d'elle; volontiers, on l'eût prise pour une de ces gitanes qui courent les foires et disent la bonne aventure. Un peintre voulut même faire son portrait ; mais Crevette avait refusé, et, toute rougissante, s'était sauvée.

Mais je me trompe, en disant que Crevette n'avait pas d'amis : élevée et nourrie par la charité d'une vieille femme infirme, que dans ses dernières années elle avait pu soutenir à son tour, la pauvre fille éprouvait le besoin de se dévouer; il lui fallait quelqu'un à aimer, à soigner, à aider. et en cachette, sans que personne la vît, elle allait chaque jour, dans une cabane voisine de la sienne, donner ses soins à un pauvre vieux marin qui achevait péniblement sa vie.

Un été, c'était en 1870, les Parisiens ne vinrent pas aux bains de mer comme de coutume ; les hommes avaient pris le fusil, et les femmes, anxieuses, ne songeaient point à se distraire.

Quels tristes mois pour les habitants de Cayeux, qui font leur année pendant la saison des bains. Crevette souffrit plus que les autres, et elle souffrit doublement, car elle était privée de la joie de secourir son vieux voisin.

A l'entrée de l'hiver, qui fut si rude, le pays tout entier était en proie à une misère profonde : rappelés pour la plupart au service, les matelots étaient partis, et les femmes n'avaient même plus la ressource de la pêche du mari pour nourrir la famille.

Un matin, une nouvelle terrible se répandit dans le village : c'est une femme revenant de Saint-Valery qui l'avait apportée :

— Les Prussiens arrivent !

En effet, le soir même, une compagnie de soldats coiffés du casque pointu s'arrêta devant la mairie ; ils étaient deux cents : il fallut les loger. On les répartit chez les habitants les plus aisés.

L'officier qui commandait ces Allemands, un capitaine, était une espèce de brute toujours ivre de l'eau-de-vie et du vin qu'il volait chez les habitants.

Une après-midi, il fumait sa longue pipe de porcelaine, à demi couché dans un grand fauteuil, ses bottes crottées posées sur le tapis de la table, dans le salon de la maison du maire ; Crevette vint à passer.

Sa figure, plus pâle, plus hâve que de coutume, frappa le capitaine ; celui-ci fit appeler son hôte et le questionna sur la jeune fille, car il parlait parfaitement français.

— C'est une pêcheuse de crevettes, répondit le magistrat.

Et, en quelques mots, il raconta l'histoire de Crevette.

— Faites-la venir, ordonna le soudard.

On alla chercher Crevette.

— Petite, dit l'officier quand l'enfant entra, va me chercher des crevettes.

— On n'en pêche pas à c'l' heure, répondit la fillette. Et puis, le temps est trop mauvais et trop froid pour se mettre à l'eau.

— Que m'importe le froid! j'ai chaud, moi; allons, dépêchons, la belle enfant, je veux des crevettes.

Et, riant d'un gros rire d'homme ivre, le Prussien vida d'un trait un verre d'eau-de-vie.

Crevette le regarda un instant, et ses yeux jetèrent une lueur étrange.

— J'y vais, répondit-elle simplement.

Deux heures après, la malheureuse rentrait, tenant dans ses mains bleuies par le froid une grande assiette pleine de crevettes.

La pauvre enfant faisait peine à voir.

Trempée par la pluie, mouillée par l'eau de la mer, sa robe lui collait au corps, dessinant les contours grêles de sa taille; ses dents claquaient, ses lèvres étaient blanches, et, de ses cheveux dénoués par le vent, l'eau tombait goutte à goutte.

Le capitaine plongea dans l'assiette sa grosse main velue et tiquetée de taches de rousseur, remua un instant la masse grouillante des crevettes, et, d'un geste, congédia la jeune fille.

Elle s'en alla, tremblante et glacée; rentrée chez elle, elle se coucha. Malgré son apparence chétive, Crevette était forte; le lendemain, réchauffée, elle ne pensait même plus au froid de la veille; mais elle n'avait pas oublié la conduite de l'officier, et, de peur que la fantaisie ne lui reprît d'avoir des crevettes, elle alla se cacher chez son ami le vieux marin.

Cependant, le séjour des Prussiens à Cayeux se prolongeait; les habitants étaient las de nourrir ces soldats et de satisfaire tous leurs caprices; déjà, quelques disputes s'étaient élevées entre eux et des marins que leur âge exemptait du service. Un soir, dans un cabaret, la querelle s'envenima tellement que matelots et Allemands en vinrent aux mains.

Prévenu par un soldat, le capitaine accourut pour s'interposer; mais, pris dans la bagarre, il fut frappé d'un coup de couteau par une main inconnue.

Au cri que poussa l'officier en tombant, ses hommes se précipitèrent à son secours; deux l'emportèrent à son logement, pendant que d'autres, sur la dénonciation d'un sergent qui affirmait reconnaître l'assassin, arrêtaient un pauvre matelot, père d'une nombreuse famille.

Le lendemain même, des officiers, venus d'Amiens, d'Abbeville et de Saint-Valery, se réunissaient en conseil de guerre pour juger l'accusé.

C'est le soir; dans la salle de la mairie, à la lueur de deux bougies posées sur une grande table, les officiers sont assis en demi-cercle; un général préside; devant eux, debout, tête nue, les mains liées au dos, gardé par quatre soldats l'arme au bras, se tient le marin.

Derrière les juges, le maire, le curé et les habitants les plus notables, que l'on a forcés d'assister au jugement.

Dans la salle, des soldats, des matelots et des femmes.

Le président interroge l'accusé; celui-ci nie de toutes ses forces avoir frappé le capitaine.

Pour le convaincre, on fait venir le sergent dénonciateur, qui renouvelle ses affirmations.

— Le sergent se trompe, cria une voix dans la salle; Nicolas n'est pas coupable.

— Qui parle? demande le président.

— Moi, répond la voix.

Et, fendant la foule, une jeune fille s'avance, la tête haute, le regard brillant et assuré. C'est Crevette.

— Nicolas n'est pas coupable, reprend-elle en s'arrêtant devant le président.

Les officiers regardent avec étonnement cette pauvre fille si chétive.

— Connaissez-vous celui qui a frappé le capitaine?

— Oui, monsieur, je le connais : c'est moi!

Un murmure court dans la salle et un sourire d'incrédulité se dessine sur les lèvres des officiers.

— Oui, répète Crevette, c'est moi qui l'ai tué, pour me venger.

Et comme le président secoue la tête d'un air de dénégation, la fillette, dont la voix s'élève et vibre maintenant, raconte l'histoire des crevettes; elle dit ce que ce capitaine lui a fait souffrir, son insolence, sa dureté; elle explique comment, ayant juré de se venger, elle a profité du tumulte de la rixe pour frapper l'officier.

En présence d'une déclaration aussi nette, on fait relâcher le matelot accusé, et Crevette prend sa place entre les quatre gardes.

La troupe, sous les armes, formait deux lignes perpendiculairement à la mer. Crevette était au milieu.

L'issue du jugement n'était pas douteuse : à l'unanimité, la pauvre Crevette fut condamnée à être fusillée.

Aussitôt l'arrêt prononcé, on emmena la fillette ; après l'avoir étroitement garrottée, on l'enferma dans une chambre de la mairie.

Quelle nuit elle passa !

Le lendemain, au point du jour, des soldats vinrent la chercher et la conduisirent sur la plage, où devait avoir lieu l'exécution. La troupe, sous les armes, formait deux lignes perpendiculairement à la mer ; Crevette était au milieu ; elle avait marché droite et ferme, sans affectation, mais aussi sans faiblesse. Sur le grand banc de galets, se pressaient tous les habitants de Cayeux.

Lentement, et semblant discuter avec les officiers qui l'entouraient, le général, le président de la veille, s'avançait vers le lieu du supplice : c'est lui qu'on attendait pour fusiller Crevette.

Le peloton d'exécution était là, l'arme au pied, le fusil chargé ; un sous-officier, tenant le jugement à la main, s'apprêtait à le lire, tandis qu'un adjudant guettait le signal pour commander le feu.

Le maire s'approcha du chef.

— Mon général, dit-il en se découvrant, n'aurez-vous pas pitié?...

— A-t-elle eu pitié, elle?

— Mais voyez sa jeunesse : elle n'a pas seize ans.

— Assez, justice sera faite.

Et, se retournant vers le greffier, le général lui donna ordre de lire le jugement.

Pendant qu'il faisait sa lecture d'un ton rauque et guttural, un soldat s'approcha du général et lui dit quelques mots.

Aussitôt, le chef imposa silence au greffier.

— Monsieur Bulkmann, dit-il à un officier placé près de lui, le capitaine n'est pas mort; il a repris connaissance et désire me parler avant l'exécution ; voyez ce qu'il me veut, et hâtez-vous, que nous en finissions.

Comme les minutes s'écoulaient lentement en attendant le retour de l'envoyé! Un silence profond régnait sur toute la plage et, seul, le bruit des lames déferlant sur le sable se faisait entendre.

Enfin, l'officier revint ; il parla longtemps à voix basse au général ; quand il eut fini, celui-ci appela l'adjudant commandant le peloton d'exécution.

— Mettez la prisonnière en liberté, dit-il à

haute voix, et arrêtez le sergent Dister : c'est lui qui a tenté d'assassiner son capitaine.

Un immense cri de joie s'éleva sur la plage ; Crevette, plus émue maintenant que quand elle marchait à la mort, s'avançait tremblante entre les deux rangs de soldats.

Le général l'appela.

— Pourquoi vous êtes-vous accusée de ce crime que vous n'avez pas commis? demanda-t-il.

— Celui que vous alliez condamner est père de famille, il a sept enfants, tandis que moi...

— Cette fille est folle, interrompit le général en levant les épaules.

Les Allemands n'avaient pas compris le dévouement de Crevette.

Comme la pauvre enfant remontait le banc de galets pour gagner sa chaumière, les habitants se pressaient autour d'elle, muets dans leur admiration. Ces gens, qui s'y connaissent en fait de dévouement, la considéraient avec une sorte de respect.

Au moment où la foule entrait dans le village, faisant comme une garde d'honneur autour de Crevette, une femme, suivie de six enfants, s'approcha d'elle et l'embrassa ; puis, se retournant vers les petits, étonnés :

— A genoux, mes enfants, devant celle qui a sauvé votre père.

Le lendemain, à l'endroit même où Crevette avait failli mourir, le sergent Dister, le lâche assassin de son officier, l'infâme calomniateur, tombait sous les balles de ses camarades.

Huit jours plus tard, les Prussiens quittaient Cayeux pour toujours.

Et Crevette?

Les Nicolas la prirent chez eux ; elle devint l'enfant de ces braves gens et la petite mère de leurs enfants, auxquels elle se consacra tout entière.

Deux ans plus tard, l'aîné des fils de Nicolas revint du service, et Crevette devint madame Nicolas.

LA DAME DE COURSEULLES

I

Courseulles est un petit port situé tout au fond de la baie du Calvados, à l'embouchure de la Seulles, un fleuve minuscule, qui par deux bras se jette dans la mer. Un des bras, canalisé, forme le bassin ; l'autre apporte ses eaux dans le port, dont l'entrée est protégée par de longues jetées, sortes d'estacades de bois, que la mer baigne à la marée haute.

Le village, un gros bourg, se compose

d'une seule rue qui, partant de la mer, se dirige en pente douce jusque dans la campagne; elle a près de deux kilomètres. Elle est bordée de maisons qu'habitent les gens du pays l'hiver et qu'ils louent, l'été, aux Parisiens en quête de repos, d'air et de liberté. A la moitié de sa longueur environ, la rue est coupée par la place : c'est le centre du village. Là est la mairie, l'école et l'entrée du château : entrée modeste aujourd'hui, mais jadis ornée d'une grille monumentale.

Construit sous François Ier, le château se compose d'un superbe pavillon au toit haut et pointu, avec façade sur la cour d'honneur, qu'entourent deux ailes en retour. Du côté opposé, le pavillon principal donne sur une belle terrasse d'où l'on jouit d'une vue magnifique : au bas de la terrasse, la campagne que traverse le cours sinueux de la Seulles ; un peu plus loin, le bassin et le port, tout hérissés de mâts de navires : au fond, la mer, sans limite jusqu'à l'horizon ; à droite, les côtes de Trouville, dont les contours indécis s'estompent en lignes bleues, voilées par un léger brouillard.

Autrefois, le village ne descendait pas jusqu'à la plage; les maisons étaient groupées autour de l'église et de la place ; au centre, s'élevait une colonne de pierre surmontée d'une croix de fer, et à côté, le four banal où, moyennant une faible redevance, les habitants faisaient cuire leur pain toute la semaine, et le samedi, la *fallue*, sorte de galette que l'on mangeait le dimanche, et que l'on fait encore aujourd'hui.

Le château de Courseulles, construit par ordre de François Ier pendant un voyage qu'il fit en Normandie, fut donné par le roi à un brave gentilhomme de sa cour avec le titre de comte de Courseulles, seigneur de Gray, Bernières et autres lieux. Il est à supposer néanmoins que la terre de Courseulles ne fut pas érigée en comté ; elle dépendait de la baronnie de Creully, fondée par un fils de Robert le Diable; les hauts et puissants seigneurs de Creully portaient d'argent, au sautoir bretessé, et contre-bretessé de gueules, chargé de cinq besans d'or; ils étendaient leur domination sur toute cette région.

A l'époque où se passèrent les événements que je vais raconter et dont l'histoire m'a été narrée par une vieille dame, habitant Courseulles, qui tient elle-même ce récit de sa grand'mère, le château appartenait à un certain comte d'Ecquevilly. Ce brave gentilhomme avait passé sa jeunesse à guerroyer pour le roi : il avait servi sous Turenne et Condé, et assisté à toutes les batailles de la guerre de Trente ans. Après le traité de Westphalie, plus riche de gloire et d'honorables blessures que d'écus, il déposa le harnois, et, craignant de faire mauvaise figure à la cour luxueuse du Grand Roi, se retira dans sa terre de Courseulles.

Il n'était plus jeune, le comte d'Ecquevilly; néanmoins, peu de temps après son retour, il épousa une nièce du comte Antoine de Sillans, troisième du nom, baron de Creully. C'est ce même seigneur, batailleur et peu endurant, qui, s'étant un jour pris de querelle avec le sieur de Guerville dans le parloir de l'abbaye de Saint-Étienne de Caen, dont son frère était prieur, mit l'épée à la main, sans respect pour la sainteté du lieu, et tua son adversaire.

Du mariage de d'Ecquevilly avec Odette de Sillans, naquit une fille; mais sa naissance coûta la vie à sa mère.

Comme elle était née le 20 juillet, on l'appela Marguerite; en souvenir de sa femme, le comte donna aussi à sa fille le nom d'Odette, et c'est toujours ainsi qu'il la nomma.

Adorée et choyée de tous, mademoiselle Odette grandissait en sagesse et en beauté sous l'œil vigilant de mademoiselle Blanche d'Ecquevilly, une sœur aînée du comte, de dix ans plus âgée que lui, et qui ne s'était jamais mariée ; à cause de son âge respectable, on l'appelait dame Blanche. Toute sa vie s'était écoulée au château de Courseulles, lisant des romans de chevalerie, récitant des ballades et chantant des lais d'amour ; c'était un réjouissant spectacle que de voir dame Blanche, toute vieille et toute fanée, vêtue à la dernière mode du temps d'Henri IV, disant sur la harpe les infortunes de Tristan. C'est elle qui se chargea d'orner l'esprit de demoiselle Odette.

Le soin de son éducation fut confié au vénérable chapelain du château, qui était aussi curé du village. Il enseignait à lire à la jeune fille; mais, avant tout, il lui apprenait la charité, et c'est vraiment lui qui forma son cœur.

Odette avait à peine dix ans que, chaque jour, accompagnée d'une suivante, on la voyait parcourir le village, entrant dans les maisons les plus pauvres, laissant toujours une aumône et une parole de consolation. Partout on l'appelait « la bonne damoiselle ».

Si elle était bonne, Odette était belle, avec ses fraiches couleurs, ses grands yeux bleus et ses cheveux bruns tombant en longues tresses sur ses épaules. Le dimanche, quand elle accompagnait son père à l'assemblée, chacun l'admirait sur son passage, et le comte d'Ecquevilly était fier et heureux de la beauté de la petite Odette.

— « Jamais on n'a vu plus gente et mignonne damoiselle », disaient les hommes.

— « Et si bonne, ajoutaient les femmes. Toutes les fées, bien sûr, ont assisté à sa naissance, car elle a toutes les qualités. »

Hélas ! ces braves gens se trompaient : une fée avait été oubliée, et pour se venger, la méchante, sans tenir compte de la bonté et de la charité de la jeune fille, avait juré de lui infliger toutes les douleurs qui peuvent accabler une épouse et une mère.

Cependant, le comte vieillissait ; habitué à une vie active, il souffrait du repos forcé que lui imposaient ses blessures ; tout exercice violent lui était défendu ; il ne pouvait même plus accompagner Odette parcourant la campagne sur sa jolie haquenée. Pour se consoler, le pauvre comte passait presque tout son temps à table, faisant bonne chère et vidant force pots, tant et si bien qu'un beau jour, « le sang l'estouffa », dirent les paysans, et qu'il s'en alla, sans crier gare, rejoindre en leur dernière demeure ses illustres aïeux.

Odette avait seize ans. Elle pleura tant, la pauvrette, qu'elle faillit éteindre le feu de ses jolis yeux.

Le logis lui paraissait bien triste, et les jours bien longs. En face d'elle, au coin de la cheminée, pendant les longues soirées d'hiver, dame Blanche lisait une ballade, ou contait quelque légende : de beaux chevaliers, à l'armure plus brillante que le soleil, aux longues moustaches en croc — des princes déguisés — venaient, après maints combats et aventures, déposer au pied de la dame de leur pensée leur couronne et leur vaillante épée. Le vieux chapelain, alourdi par l'âge, digérait consciencieusement son souper, en ronflant dans son grand fauteuil.

Odette n'entendait ni la légende, ni le ronflement du prêtre : les yeux grands ouverts, elle rêvait en regardant les hautes flammes danser dans l'immense cheminée ; pour elle, ces langues de feu prenaient une forme vague d'abord, puis les figures s'accentuaient ; l'esprit excité par les récits de dame Blanche.

elle voyait de grands panaches noirs et rouges couvrant les cimiers des casques ou entourant les feutres fièrement campés sur l'oreille; au moindre bruit, elle tressaillait, et, sur les dalles du vestibule, croyait entendre résonner les lourds éperons et battre les longues rapières.

II

Depuis deux ans, Odette menait une vie tranquille dont la monotonie n'était rompue que par de rares visites faites à ses cousins de Creully, quand, abandonnant la cour pour quelque temps, ils venaient chercher le repos dans l'antique manoir.

Un soir d'hiver, on était en décembre, le vent du nord soufflait avec violence, et la pluie claquait contre les vitres. Assise à sa place accoutumée, Odette rêvait, bercée par le bruit de la vague qui venait se briser avec fracas sur la grève. Le bon chapelain dormait, et dame Blanche elle-même, envahie par une douce somnolence, avait suspendu la lecture d'un passage, cependant bien intéressant, de l'*Amadis de Gaule*. Tout à coup, la cloche de la grille retentit violemment. Dame Blanche tressauta, Odette se leva inquiète, toute

Quelques instants après, Jean-Marie revenait, précédant l'étranger.

marrie d'être arrachée à son rêve; le chapelain entr'ouvrit les yeux, mais reprit bientôt son somme interrompu. Quelques instants après, on entendit des pas de chevaux résonner sur le pavé de la cour.

Jean-Marie, le vieux domestique, entra.

— Madame, dit-il en s'adressant à dame Blanche, c'est un cavalier et son serviteur surpris par le mauvais temps ; ils demandent asile pour cette nuit dans le château.

— Qu'ils entrent, répondit dame Blanche ; qu'on leur prépare un lit et que Pierre prenne soin de leurs montures.

Quelques instants après, Jean-Marie revenait, précédant l'étranger. C'était un beau cavalier, jeune, élégant, vêtu d'un costume de voyage gris foncé. Comme il traversait la salle, Odette frissonna au cliquetis des éperons, au bruit de la rapière battant la tige des grosses bottes.

Dame Blanche s'avança à la rencontre de l'étranger.

— Soyez le bienvenu dans notre demeure, seigneur cavalier.

Puis, se tournant :

— Ma nièce, Odette d'Ecquevilly ; le révérend père chapelain ; monsieur ?...

— Le comte de Mautravers, madame, pour vous servir, et qui vous remercie de vouloir bien lui offrir un asile par le temps qu'il fait.

Il avait très grand air, le comte de Mautravers, et c'était, bien sûr, le plus hardi cavalier qu'Odette eût jamais rencontré, même parmi les jeunes seigneurs qu'elle avait vus au château de Creully; mais c'est à la dérobée que la jeune fille le regardait.

Dame Blanche, elle, l'examinait à son aise, épluchant tous les détails de sa toilette. Dès qu'il se fut retiré pour gagner sa chambre, la bonne dame s'approcha de sa nièce.

— Comment trouvez-vous le comte, Odette ?

— Mais, ma tante, je ne sais pas, je ne l'ai pas regardé.

— Croyez-en mon expérience, ma nièce, M. de Mautravers n'est pas venu ici pour échapper au mauvais temps; ceci n'est qu'un prétexte pour s'introduire sous notre toit. C'est un riche seigneur, un prince pour le moins, qui a entendu parler de vos mérites, et qui vient me demander votre main.

Odette sourit à l'idée de dame Blanche, qui croyait encore aux chevaliers errants.

Le lendemain, quand le comte de Mautravers, après avoir remercié ses hôtes de leur hospitalité, voulut continuer sa route, dame Blanche le retint; sans trop se faire prier, le comte consentit à rester. Au dîner, il se montra fort galant et fort homme du monde. Il conta son histoire :

Il était le fils aîné d'un gentilhomme tourangeau; il avait eu le malheur de tuer un homme en duel, et, craignant la rigueur des édits, il avait fui; il bénissait la bonne étoile qui l'avait amené dans ce pays, et se félicitait d'avoir frappé à la porte d'une maison aussi hospitalière. Il fit si bien, me disait la dame de qui je tiens ce récit, qu'un mois après il était encore là et que la pauvre Odette, excitée par dame Blanche, était férue d'amour pour le beau gentilhomme.

Enfin, il quitta le château et se rendit en Touraine pour demander le consentement de son père.

Quelques jours après, il revint; les formalités d'usage remplies, le vieux chapelain maria les deux jeunes gens, et mademoiselle Odette d'Ecquevilly devint comtesse de Mautravers, à la grande joie de dame Blanche, convaincue que sa nièce avait épousé un prince du sang.

Le comte avait promis qu'aussitôt son mariage il emmènerait Odette en Touraine pour la présenter à sa famille, et qu'en passant à

Paris, il la conduirait à la cour. Les semaines s'écoulaient, et de Mautravers ne parlait plus du voyage. Un jour que dame Blanche demandait au comte quand il partirait, celui-ci répondit d'un air assez maussade que son affaire était trop récente, et que le bruit causé par son duel n'était pas encore assez apaisé pour qu'il osât se présenter devant le roi. Odette se soumit, et plus jamais il ne fut question du voyage.

A partir de ce jour, tantôt sous un prétexte, tantôt sous un autre, Mautravers fit de nombreuses absences : presque tous les soirs, quand chacun s'était retiré dans ses appartements, le comte descendait aux écuries, accompagné de son écuyer, sellait un cheval, et tous deux partaient pour de longues courses, qui se prolongeaient jusqu'au jour ; lorsqu'ils rentraient, les chevaux étaient tout en sueur et harassés de fatigue ; les cavaliers eux-mêmes semblaient fort mal accommodés. Un matin, Mautravers rentra seul ; il conduisait en main le cheval de son écuyer ; Jean-Marie, caché derrière une petite lucarne, l'avait vu revenir, et le brave serviteur était fort intrigué de ce fait.

Le lendemain, le comte ramenait un nouvel

écuyer. C'était un vrai soudard, parlant haut, jurant comme un païen et buvant comme un lansquenet. Je vous laisse à penser l'émoi que l'arrivée de ce nouveau serviteur causa dans le château ; dame Blanche osa s'en plaindre à Mautravers ; celui-ci répondit que c'était un serviteur zélé, de manières brutales, il en convenait, mais fort attaché à son maître.

— « Je l'aime beaucoup, ajoutait-il, pour son dévouement et sa grande bravoure. »

Cependant, Odette s'inquiétait des absences répétées de son époux ; elle souffrait de l'abandon où il la laissait, et, sans qu'elle s'en rendît bien compte, un secret effroi s'emparait d'elle lorsque le soir, cachée derrière les lourds rideaux de sa chambre, elle voyait le comte partir pour une de ses promenades nocturnes.

Accablée de chagrin, elle s'enfermait dans son oratoire, où elle pleurait et priait, car elle allait être mère, et c'est dans cette perspective qu'elle puisait la force de supporter sa grande douleur. Oh ! comme elle attendait avec impatience l'arrivée de ce petit être qui devait la consoler de l'éloignement de son époux ! Et qui sait ? peut-être les caresses de l'innocent feraient-elles ce miracle de lui rendre son mari.

Un jour qu'une expédition du comte s'était prolongée plus que de coutume — il était resté six jours absent, — madame Odette résolut de savoir où il allait ; mais il lui fallait un auxiliaire : c'est à Jean-Marie qu'elle s'adressa.

Je l'ai dit, Jean Marie était né dans la famille d'Ecquevilly, il avait grandi au château. Lorsque feu le vieux comte était parti pour l'armée, Jean-Marie l'avait suivi. Pendant toutes ses campagnes, il ne l'avait pas quitté un seul instant ; il avait toujours combattu à ses côtés, et quand le comte était tombé, blessé, sur le champ de bataille, le fidèle serviteur l'avait emporté dans ses bras, l'avait soigné, l'avait veillé comme une mère ferait de son fils. Jean-Marie adorait le vieux comte, et, quand il mourut, c'est sur sa fille Odette que se reporta toute son affection. Sur un signe d'elle, il se serait fait tuer.

La comtesse le fit monter dans sa chambre.

— Jean-Marie, lui dit-elle, réponds-moi bien sincèrement : sais-tu où va le comte chaque nuit ? Oh ! mon brave Jean-Marie, si tu sais la vérité, dis-la-moi, ne crains pas de m'effrayer.

— Non, madame la comtesse, je ne connais pas le but des chevauchées nocturnes de M. le comte, en compagnie de son écuyer maudit ;

mais, oserais-je vous le dire? je crains qu'ils ne se livrent tous deux à une besogne diabolique. Quand je les vois rentrer le matin accommodés comme des malandrins, leurs chevaux fourbus et crottés jusqu'à l'échine, je me signe comme si je rencontrais messire Satan et son démon d'écuyer.

— Moi non plus, mon pauvre Jean-Marie, je ne sais que croire. J'en ai parlé à notre bon chapelain : le saint homme se fait vieux et n'a trop su que me dire. Ma tante, à qui je me suis plainte aussi, m'a dit que j'étais une sotte enfant et qu'un homme comme M. le comte de Mautravers ne pouvait être un chevalier félon. Pauvre tante Blanche, elle a tellement lu de livres de chevalerie, qu'elle a fini, peu à peu par perdre la notion du temps où nous vivons. Elle est convaincue que le comte est un prince déguisé qui va chaque nuit entreprendre de belles expéditions et faire nobles et vaillantes chevauchées.

Enfin, je me suis adressée à M. le comte lui-même; je me suis plainte de l'abandon où il me laisse; j'ai même été jusqu'à lui demander quelle belle nécessité il y avait pour lui d'aller battre la campagne du soir au matin. Tout d'abord, il a ri de mes tendres reproches, puis, comme j'insistais, il s'est fâché et m'a répondu durement : « Ceci, madame, ne vous regarde pas ; veillez au bon ordre de votre maison ; mais, pour Dieu, laissez à votre époux le soin de se conduire à sa guise. »

Alors, mon bon Jean-Marie, j'ai pensé à toi, et je me suis dit que tu m'aiderais à savoir où va le comte, et pourquoi il me délaisse. Ai-je eu tort de compter sur toi, Jean-Marie?

— Non, madame la comtesse; et, dois-je vous l'avouer? si vous ne m'aviez pas chargé de cette mission, je l'aurais accomplie pour mon propre compte. Car je vous le dis, madame, c'est méchante besogne que font là ces deux hommes! Que Dieu me pardonne si je les juge témérairement... Avant huit jours, madame, vous serez renseignée.

III

Dès le lendemain, Jean-Marie se mit aux aguets, écoutant aux portes et faisant bonne figure à l'écuyer du comte; il lui fit même goûter d'un certain cidre comme il n'en avait jamais bu. Il en fut pour ses frais, le malin Normand. Cinq jours s'étaient déjà écoulés, et Jean-Marie n'était guère plus avancé qu'au début. Que faire? pensait-il. Ah! si j'étais alerte comme au temps jadis, je les suivrais, et leurs chevaux seraient bien agiles s'ils me laissaient loin derrière.

Ce soir-là, le bonhomme vit, aux préparatifs de l'écuyer, que lui et son maître se disposaient à sortir; il alla se cacher sous un tas de paille, dans l'écurie. Vers neuf heures, le comte et son serviteur entraient.

— Quels chevaux prenons-nous, Mautravers? demanda le soudard.

— Ceux du château : la course ne sera pas longue; du reste, il faut que les nôtres se reposent, car demain soir ils auront une rude traite à fournir; le rendez-vous est au carrefour de Rye, et de là...

Les deux hommes sortaient, Jean-Marie ne put en entendre davantage.

Le lendemain, à quatre heures, il quitta le château sans attirer l'attention et, à travers champs, gagna l'endroit désigné. Après avoir longtemps cherché un endroit propre à tout voir et tout entendre sans qu'on pût soupçonner sa présence, Jean-Marie trouva enfin un épais fourré qui formait l'angle de deux chemins ; il s'y blottit et attendit patiemment l'arrivée des cavaliers.

La veille fut longue, si longue, que le pauvre homme craignait de s'être trompé; il allait quitter sa cachette et s'éloigner, quand il entendit le pas de chevaux venant du côté opposé à Courseulles ; d'un autre côté aussi, il distingua le bruit d'une cavalcade se dirigeant vers lui; bientôt, dix hommes étaient réunis au carrefour.

Autant que Jean-Marie pouvait en juger, ces hommes étaient tous jeunes, armés jusqu'aux dents et parfaitement montés.

— Le capitaine est en retard, dit l'un d'eux.

— Oui, répondit un second cavalier, il perd de son ardeur depuis qu'il a trouvé bon gite.

— Il jouit de son reste, reprit en riant le premier interlocuteur, car il faudra qu'il le quitte bientôt, le pays n'est plus...

— J'entends des chevaux hennir, c'est le capitaine! interrompit un homme qui s'était un peu avancé sur le chemin.

En effet, cinq minutes après, deux nouveaux cavaliers débouchaient d'un carrefour. Jean-Marie prêta l'oreille : voici ce qu'il entendit :

— Bravo, mes camarades ! tout le monde est exact au rendez-vous. — Gastechair, as-tu vu Chavannes ?

— Oui, capitaine, répondit un des cavaliers, et voici les paroles qu'il m'a chargé de vous transmettre : « Dis à Mautravers que rien n'est changé, mais qu'il se hâte ; dans trois jours, le comte de Sillans et tous ses mirliflores de petits marquis retournent à la cour ; eux partis, plus rien. Dis-lui aussi que je commence à être las du métier d'espion qu'il me fait faire, déguisé en laquais, dans ce maudit château de Creully. Il me tarde de retourner à Courseulles ; le rôle d'écuyer me sied mieux que celui de valet. »

— Allons, messeigneurs, tout va bien. Je vais maintenant vous apprendre le but de notre expédition de ce soir ; depuis deux jours, l'évêque de Bayeux et plusieurs gentilshommes du pays festoient chez le comte de Sillans. Cette nuit, l'évêque, sa nièce et deux ou trois autres seigneurs retournent à Bayeux : c'est eux que nous allons attaquer. La prise sera bonne ; et vous savez, pas de ménagements à garder : c'est notre dernière opération dans cette contrée.

— Il est temps, en effet, capitaine, que nous

quittions ce pays, nous commençons à être connus. Ces imbéciles que nous dévalisâmes, il y a huit jours, ont eu le goût douteux de trouver la chose mauvaise et l'impertinence de se plaindre, et j'ai appris que...

— Ne vous inquiétez pas, mes braves ; aussi bien, j'en ai assez de cette bicoque de Courseulles : la nuit prochaine, vous me viendrez trouver au château, nous ferons main basse sur tout ce qui a quelque valeur, et nous dirons adieu pour toujours à cette charmante baronnie de Creully, dont, en somme, nous n'avons pas eu trop à nous plaindre.

— Surtout vous, capitaine... A propos, emmenez-vous madame la comtesse de Mautravers? demanda en riant un des bandits.

— Je n'ai que faire de cette sotte petite créature, et si elle me gêne trop... Allons, camarades, en route, il se fait tard.

Depuis longtemps déjà, les cavaliers s'étaient éloignés, le carrefour était replongé dans le silence, et peu à peu le bruit des pas des chevaux se perdait dans le lointain : Jean-Marie restait immobile et comme cloué à sa place.

Ainsi, c'était donc vrai ; il n'y avait plus à en douter : madame Odette, la fille chérie de son maître bien-aimé, était l'épouse de Mautravers, le chef de bandits, le gentilhomme de grands chemins, un voleur et un assassin! C'était pour aller détrousser les voyageurs que le comte et son écuyer quittaient chaque soir le château. Non content de s'attaquer aux invités du baron de Creully, qu'il faisait espionner par son ancien écuyer, le brigand méditait de piller le château de Courseulles et de tuer sa femme! N'avait-il pas dit d'un air terrible : « Si elle me gêne trop... »?

Cette pensée rendit à Jean-Marie tout son courage. Il sortit de sa cachette et s'élança à travers champs. Minuit sonnait quand il rentra au château par la petite porte de la terrasse. Le premier mouvement du vieux serviteur fut de se rendre à la chambre de madame Odette; mais, au moment d'entrer, il eut peur; il ne se sentait plus la force de tout dire à la pauvre femme. Il s'assit sur le seuil et se prit à songer.

Un léger bruit et une main qui se posait sur son épaule le tirèrent de sa rêverie. C'était madame Odette.

— Pourquoi n'entres-tu pas, Jean-Marie? Je t'attendais, car tantôt je t'ai vu partir.

Elle entraîna le vieillard dans sa chambre.

— Assieds-toi, mon bon Jean-Marie, tu es brisé de fatigue. Comme te voilà accommodé! D'où viens-tu?... Allons, parle.

— Je viens du carrefour de Rye. Mais non, madame, jamais, jamais je n'oserai vous dire... Ah! maudit soit le jour où cet homme a franchi le seuil de cette demeure! Maudite soit votre pauvre tante qui l'a retenu une heure sous votre toit! Malheur sur moi, qui ai répondu à son appel et ne l'ai pas chassé quand il demandait asile en ce château! Non, madame, non, c'est impossible... Je ne peux pas, je n'ose pas...

— Parle, Jean-Marie, je le veux... je te l'ordonne .. Je t'en prie, mon bon Jean-Marie, je serai courageuse, je te promets. Vois-tu, il faut en finir, il y a trop longtemps que je souffre, moi. Je veux tout savoir.

Et la pauvre Odette était là, devant lui, presque suppliante.

— Eh bien! madame, puisque vous voulez tout savoir, écoutez-moi donc. Le comte de Mautravers, votre époux, est... un chef de brigands. Toutes les nuits, à la tête de douze bandits, il bat la campagne, rançonnant les voyageurs; cette nuit même, à l'heure où je vous parle, il attaque et dévalise Monseigneur l'évêque et des gentilshommes de Bayeux qui ont passé quelques jours chez votre cousin, M. le comte de Sillans! Oh! madame, pourquoi ai-je assez vécu pour voir de semblables choses?

Odette tomba à genoux, et, pendant longtemps, le silence ne fut troublé que par le bruit de ses sanglots.

Quand elle put maîtriser un instant sa douleur, elle se releva à demi, et, se tournant vers Jean-Marie :

— Que faire? mon Dieu!

— Je vais seller un cheval et courir au château de Creully prévenir M. votre cousin.

— Fais ce que tu voudras, Jean-Marie, je n'ai plus la force de penser. Je t'abandonne le misérable; mais n'oublie pas, Jean-Marie, n'oublie pas que c'est le père...

Le vieux serviteur n'en entendit pas davantage. Une heure après, il frappait à la porte du château de Creully, reçu par les gardes de M. le comte, il se fit introduire au chevet de son lit. Le conciliabule dura longtemps; quand le vieillard revint à Courseulles, il était grand jour.

Peu après lui, arrivaient Mautravers et son écuyer.

Une heure plus tard, douze hommes d'armes à cheval, conduits par un officier, s'arrêtaient devant la grille ; le chef et quatre d'entre eux mirent pied à terre. Jean-Marie vint les recevoir et les introduisit dans les appartements du comte. Mautravers dormait ; près de son lit, couché sur un matelas, l'écuyer ronflait à poings fermés.

L'officier réveilla le comte.

— Levez-vous, capitaine de Mautravers, et suivez-moi.

— Où me conduisez-vous, monsieur?

— Chez le baron de Creully, votre beau cousin.

Mautravers comprit qu'il était perdu. Sans dire un mot, il se vêtit. Pendant ce temps, on avait réveillé le soudard.

La petite troupe descendit l'escalier, traversa la cour, où deux chevaux sellés attendaient Mautravers et son compagnon. La cavalcade s'éloigna au galop.

Jean-Marie resta près de la grille jusqu'à ce que le dernier cavalier eût disparu à l'angle du chemin ; puis, comme il s'en retournait, il leva les yeux et regarda les fenêtres d'Odette ; il crut voir s'agiter les lourds rideaux de la chambre de la pauvre femme.

En arrivant à Creully, Mautravers fut rejoint par son camarade Chavannes. Guidés par les gardes, les trois bandits s'engagèrent dans un long corridor; à l'extrémité, s'ouvrait une porte basse. Le chef, s'effaçant, fit passer Mautravers le premier; il s'avança dans le sombre cachot; mais tout à coup la terre manqua sous ses pas, et il disparut; ses deux complices le suivirent, et la lourde porte se referma pour toujours sur les trois bandits, ensevelis vivants dans les terribles oubliettes du château.

Comment dépeindre la douleur profonde de la pauvre Odette, qui, ainsi qu'elle le disait elle-même, ne voulait vivre que pour l'enfant qui allait naître? Comment décrire l'effarement du bon chapelain et la cruelle déception de dame Blanche, qu'en toute autre circonstance on eût trouvée comique? Adieu toutes ses illusions : le preux gentilhomme était un chevalier félon; le prince déguisé, un vulgaire bandit.

Cependant, l'enfant tant désiré arriva : c'était un garçon. Le pauvre petit être était condamné par avance : Odette n'eut même pas la consolation de lui prodiguer ses caresses; aussitôt sa naissance, et par ordre du baron de Creully, on l'emporta, et jamais depuis on n'en entendit parler.

Deux ans après ces événements, Courseulles était en liesse : les cloches de la petite église sonnaient à toute volée; de brillants cavaliers, des carrosses dorés, des équipages superbes remplissaient la cour du château; sur la place, le cidre coulait à flots, et, autour de tables chargées de victuailles, se pressaient tous les habitants du village. Odette se mariait : elle épousait le comte de Montbeillard (c'est le nom que m'a donné ma narratrice), un vieillard goutteux et cacochyme, qui avait consenti à donner son nom à Odette pour effacer la honte et le déshonneur du nom de Mautravers.

Depuis ce jour, Odette partagea sa vie entre son mari, qu'elle soigna avec dévouement, mais qui ne vécut pas longtemps, et les pauvres. Celle qui avait été la bonne demoiselle devint la bonne dame. Elle cherchait, dans le soulagement de la douleur des autres, un adoucissement à la sienne.

Un jour, elle vit une pauvre femme en pleurs près du four banal.

— Qu'as-tu, Marianne? lui demanda-t-elle.

— Hélas! notre bonne dame, je n'ai pas de quoi payer la redevance au four.

— Tu es donc bien malheureuse ? demanda Odette.

— Non, notre bonne dame, si j'avions du pain tous les jours à notre suffisance, j'serions heureux : j'ai un homme qui m'aime ben et qu'j'aime ben itou et deux petiots qui sont si biaux.

Odette paya la redevance et se détourna pour cacher une larme : elle enviait le sort de cette épouse et de cette mère.

La bonne dame mourut dans un âge fort avancé, et, tant qu'elle vécut, il n'y eut pas de malheureux à Courseulles.

Saint-Denis. — Imprimerie A. Picard et Kaan. — 12440. N. P.

LIBRAIRIE PICARD-BERNHEIM ET Cie

ALCIDE PICARD ET KAAN, ÉDITEURS

11, RUE SOUFFLOT, PARIS

BIBLIOTHÈQUE D'ÉDUCATION NATIONALE — BIBLIOTHÈQUE D'ÉDUCATION RÉCRÉATIVE

Volumes in-8° écu, avec gravures

Broché, 0 *fr.* 80. — *Imitation toile*, 0 *fr.* 90.

A.-C. DESBRUYÈRES

Serpolet. Histoire d'un Lapin.

JULES GROS

Le Royaume des Bêtes.

ROYANNEZ

Les Évadés de Poissy.

AULARD

Danton. I. P.

BONDOIS

Masséna.
Davout.

* * *

Les deux Petits Assiégés.

LEILA HANOUM

Fattiza la Brahmine.
Les mésaventures d'Afif Mollah.

Volumes in-12 avec gravures

Broché. 0 *fr.* 40. — *Imitation toile*, 0 *fr.* 60.

B[illegible]ANDY

Trois Sous Neufs.

BONDOIS

Necker. I. P. V. P.
Machault. I. P. V. P.
Vauban I. P. V. P.
Villars. I. P. V. P.

GASQUET

Colbert. I. P. V. P.
Henri IV. I. P. V. P.

* * *

Ramoneur et Boule de Neige.

W. DE CONINCK

Aventures d'un Petit Chien. V. P.
Le Petit Créole. V. P.
La Conquête d'un Grand Papa.
La Fille du Chiffonnier.
Claude et sa Tante. V. P
Un Précieux Ami.

LAVALETTE

Les Premières Connaissances. V. P.
Les Secondes Connaissances. V. P.

NELLY-LIEUTIER

Il était une Fois.
Un Jour de Pluie.
La Journée de Catherine.
Juliette et Marie. V. P.

ROYANNEZ

Chez Grand-Père.

CH. MARCEL.

Vivent les Vacances. V. P.

ALFRED SÉGUIN

Le Courrier Persan.

E. BENOIT LÉVY

Jules Favre. I. P. V. P.

DENIS

Petit Manuel d'Éducation Militaire.

G. FRANCK

Voyages et Découvertes
de Crevaux. I. P. V. P.

LEILA HANOUM

Pâquerette.

Volumes in-16 avec gravures

Imitation toile, 0 *fr.* 45.

RENÉ SOSTA.

Les Lunettes de la Grand'Mère.
Mésaventures d'une goutte d'eau.

S. M. F.

L'Ane et les Carottes.
L'Éléphant et le Soldat.
Le Chien du Voyageur.
Médor, le Chien du Décrotteur.

W. DE CONINCK

La Brebis Voyageuse.
Dans la Vallée.
Les Aventures de Tomy.
Jenny et Minnie.

LEILA HANOUM

La Petite Marchande de Violettes.

www.ingramcontent.com/pod-product-compliance
Ingram Content Group UK Ltd.
Pitfield, Milton Keynes, MK11 3LW, UK
UKHW021058260726
13994UKWH00002B/577